日本古典文學名著

雨月物語

上田秋成 著
左秀靈 譯

鴻儒堂出版社發行

封面題字：左秀靈

目錄

序

我初次嘗試譯介日本古典文學作品時，第一本選的是《源氏物語》，豈料該書出版發行尚不及一月，即銷售一空，現在已經印行第五版了。

由於各位讀者的過分愛護，使我興致勃勃地譯出第二本《竹取物語》（中日文對照，且附注釋），並蒙東吳等大學選為日語教材。我無法按捺住受寵若驚的心情，接著又譯出第三本上田秋成的不朽名著——《雨月物語》，並親自設計、調繪封面、封底。

為了使各位讀者，尤其是不諳日語的讀者，能夠徹底欣賞起見，特地附加注釋，短者插入正文中，括弧內即是；較長者，附於每篇之末。

原作者及本書的簡介，「物語」、「讀本」兩詞的意思，請閱次頁的「解說」。

筆者學淺，若有誤謬之處，尚祈讀者諸君不吝指正。

左秀靈　敬識於臺北大直後山

解說

上田秋成：本書作者（西元一七三四年至一八〇九年）為江戶後期之國學（日本古典文學）者，詩人兼小說家。本名東作，大阪人。師事加藤宇萬伎，通《萬葉集》、音韻學，曾與當時號稱日本四大國學者之一的本居宣長論爭，晚年不遇。著作有：《雨月物語》、《春雨物語》、《膽大小心錄》、《癇癖談》、《藤蔓冊子》等，《雨月物語》及《春雨物語》為其代表作。

雨月物語：讀本五卷，明和五年（西元一七六八年）暮春的一天晚上，霏霏細雨甫停，朦朧的月光自雲隙射至窗前，上田秋成於此時剛好完成一部不朽的名著——脫胎於中國古老的怪異小說，即取「雨月物語」為書名。

春雨物語：蘊蓄著作者本人的歷史觀、藝術觀、人生觀等，為上田秋成晚年的作品。〈大盜樊噲〉為《春雨物語》中最膾炙人口的一篇，秋成以生動、圓潤的筆觸描繪出溫馨、詼諧的人性，日本近代作家佐藤春夫等特別欣賞本篇的結構。

物語：以作者的見聞、或想像為基礎，用散文來敘述有關人物、事件的文學作品，分廣、狹兩義，前者泛指小說，後者僅指平安時代至室町時代的作品。大別之有：傳奇物語、寫實物語，或者分：歌物語、歷史物語、說話物語、軍紀物語、擬古物語等。

讀本：江戶時代（西元一六〇三年至一八六七年）小說之一種，合五、六卷為一編，各卷有卷首圖及插圖，採佛教的因果報應、道德教訓為內容，以虛構、複雜的情節取勝，且注重趣味性。代表作家有：上田秋成、山東京傳、瀧澤馬琴等。

雨月物語

白峯之幽靈

很久以前，有一位名叫「西行法師」的和尚，自京都出發，越過逢坂關，到關東一帶去修行旅行。

當時是秋季。

通過濱千鳥翱翔的鳴海海濱，可以仰望到富士山頂上裊裊上升的白雲。穿過武藏野的平原，直達仙台，再經象潟，長野之木曾而回到京都。

上述各地的迷人景色，引起西行法師旅行的雅興，決定下次到詩歌中所描寫的日本西部各名勝地去遊玩。

不久，即按預定計畫，自京都啓程了。

過大阪，到須磨、明石海岸，繼續向西、向南旅遊。

途中經過四國讚岐的真屋坂林，西行法師想在此地住宿，並不是因為長途跋涉而要休息，是認為這兒環境清幽，很適合修行之故。

村莊的附近有一座山，名叫「白峯」。西行法師以前聽說過，崇德太上皇的陵墓即在此山中，但是沒有來參拜過，因此很想藉此機會參拜一番。

時序已至暮秋，西行法師獨自一人攀登白峯。滿山覆蓋著粗壯高大且茂密的松樹及扁柏，一直延伸到深山裡面去。當天，天上一朵雲彩都沒有，碧空萬里，但是樹木茂密的深山裡，卻不斷下著滴滴答答的小雨。

山的後方是險峻高聳的稚兒岳，登上稚兒岳，低頭下望深谷，深谷內佈滿了薄霧般的白雲，在輕輕飄盪，一會兒，谷雲冉冉上升，很快就升到面前，使視線模糊起來。

山上除了樹叢，就是荊棘、蔓草，埋骨斯所，未免太荒涼了。

西行法師在荊棘蔓草中，終於找到了太上皇的陵墓，起初還不敢相信，如此簡陋的墓塚，竟是太上皇的陵墓！舉目望著四周，沒有類似墳墓的建築，這才確定是太上皇的陵墓無疑。

西行法師凝視著太上皇的陵墓，依舊懷疑是在作夢，不覺愴然淚下，喃喃自語道：

「太上皇生前，住在富麗豪華的紫宸殿及清涼殿，掌理國政，多少嬪妃環繞著、文武百官簇擁著。以後，讓位給近衛天皇，被尊為太上皇，仍然住在雕梁畫棟的宮殿內，但是現在，竟然埋骨在連鹿都不願來的荒山裡。這樣的下場，誰會相信呢？」

為了安慰太上皇的亡魂，一天夜晚，西行法師特地找了一塊平坦的石頭，坐在上面念經。

當天夜晚的露水也許比任何一天晚上的濃，西行法師的衣袖很就全部濕透了。

深山裡的夜晚和鄉村裡的夜晚大不相同，冷得直透心窩，總覺得有一種說不出的淒涼之感。

月亮好不容易出來了，但是在枝葉重疊之下，仍然漆黑一片，伸手不見五指。

西行法師滿懷寂寥地一心一意在誦經，雖然沒合上眼睡，但覺昏昏沈沈，好像那兒有人在呼喚自己的名字似的。

西行法師抬頭看，在樹影的間隙中，竟有一個和普通人不一樣的影子——高高瘦瘦的，那人的臉、衣著服飾等雖然看不清楚，但是卻可肯定，那人正凝視著西行法師，同時好像雲霧一樣地飄浮在空中。

西行法師因為常年念佛修行，因此並不感到有什麼特別可怕，平心靜氣地問：

「站在那兒的，是那一位？」

那人回答：

「您如此辛勤地來為我念經，我特地來向您表示謝意！」

那人說著，作出誠懇的道謝狀。

西行法師心想：這位就是太上皇的幽靈了。

「啊！陛下一個人待在這兒，實在太寂寞了，不過我很羨慕陛下遠離了充滿罪惡的塵世。我祈禱陛下今夜安詳地步入佛的世界去。能夠瞻拜龍顏，感到無限榮幸，但同時也為陛下感到悲傷。請陛下完全忘掉塵世的一切吧！好好往極樂世界去！」

太上皇的幽靈聽完西行法師的一番話之後，提高聲音笑著說：

「哼！近世以來，日本紛擾不安，你知道是什麼原因嗎？告訴你，這完全是我的傑作！當我尚在人世的時候，我的心就像魔鬼一樣狠毒，因此有『平治之亂』，我駕崩之後，也經常攪亂天皇的政治。你看吧！再過不久，日本全國就要烽火遍地、戰亂頻仍了！」

西行法師道：

「我驚訝陛下如此缺乏慈悲心。我以前聽說，陛下是為仁厚的長者……我想問一個問題，保元之亂是合乎神的意旨，還是一己之私慾呢？」

太上皇被問得有幾分怒意，以粗暴的聲音說：

「西行！你注意聽！我一點罪都沒有，我遵從父親鳥羽天皇的命令，把帝位讓給年僅三歲的體仁（近衛天皇），難道我是貪得無厭的人嗎？體仁早死，理應由我的兒子重仁繼位才是，和我抱同一看法的人也不少，但是鳥羽天皇的皇后從中阻撓，竟由雅仁（後白河天皇）繼位，但雅仁處理國事的才能遠不如重仁。父親不適合處理國政，所以讓位給我，以此類推，何不讓位給有能力的人？你若是我的話，肯避開塵世，落髮為僧嗎？死了之後，還要到毫無樂趣的涅槃世界去，簡直是胡說八道，你才是慾念很深的人咧！」

西行法師一點也沒有害怕的表情，反而向前邁進一步說：

「從前，應神天皇有兩個兒子，天皇不喜歡大兒子，因此立小兒子為皇太子，有意將來讓小兒子繼位。但是兄弟兩人非常友愛，互相推讓王位，致使有三年王位無法確定。

弟弟說：

『作人永遠不要讓人為難，假使我不在世的話，哥哥便可順理成章地繼承帝位，全國人也可安心了。』

弟弟竟因此自殺了。

哥哥終於登上皇位，為了不辜負弟弟的一番心意，便盡一切努力治理國政。這是一個多麼令人感動的好故事？中國詩經裡面有這樣一句話：『兄弟鬩於牆，外禦其侮。』

陛下不顧手足之情，父親剛去世，雙方竟秣馬厲兵，爭奪王位，罪孽不重嗎？縱然全國的人都願意令郎繼任天皇，但如果用武力行事，豈不央及百姓，荼毒生靈？

陛下做過殘暴的事情，所以今天才會埋骨荒山吧？從前的事情，請陛下全部忘掉，好好到極樂世界去安息吧！」

太上皇聽完西行法師的話，不禁長嘆了一聲：

「唉！你責備得很有道理，今天落得這步田地，完全是自己造成的！

我被流放到讚岐來之後，除了有三次送飯的人之外，沒有一個人伺候我，每天、每夜安慰我的，只有海濤聲及天上飛雁的叫聲而已。我時常羨慕，鳥兒有翅膀可以自由地飛到任何地方去。雁能夠飛回京都，但是我這一生已經不能再回去了，我想，至少死後能回京都。我變抄寫佛經，以打發不能回京都的苦悶心情，同時希望我的親筆字能被人送到京都去，我便賦詩一首，連同親手抄寫的佛經，托人帶給住在京都仁和寺的兒子。但是卻遭到退回說：『陛下的親筆字，可能會引起咒罵。』

從此之後，我只好把抄寫的佛經獻給惡魔，我的心痛苦萬分，我決心報復。我現在是大魔王，別人讓我痛苦，我要報復，使每一個人都痛苦。義朝、信西、關白忠通等這批傢伙都死了，我也死了，但是怨恨之火未熄。我手下有數百魔鬼聽我指揮，我命令他們，世界上剛一平靜，便立刻製造戰亂，給老百姓帶來災害、痛苦！平氏一家人目前大權獨攬，他們作威作福的日子不會久了；雅仁（後白河天皇）一點也不幫助我，不久，我就會給他顏色看！」

太上皇憤恨地說完，接著是一陣淒涼的怒嘯聲。

西行法師心想，此時勸太上皇，是不會發生任何效果的，只有默默地望著太上皇憤怒的幽靈。

一會兒，山峯、深谷劇烈地搖動起來，忽然刮起狂風，塵土飛揚，頓時，在太上皇的膝部附近出現明亮的鬼火，在太陽光都照射不透的密林中移動。

西行法師凝視太上皇，只見他滿臉通紅，好像塗了胭脂一樣。

太上皇的頭髮凌亂地披下來，一直垂到膝蓋附近。兩眼向上翻，射出逼人的凶光，好像覺得悶熱似的，不斷喘氣，黃褐色的衣服已經熏成黑色了，手指甲長得好像鷲鳥的爪，完全是一副魔王的樣子。

太上皇突然大呼：

「相模！相模！」

呼聲甫畢，有一隻狀似老鷹的怪鳥，突然自空中下來，落在太上皇的面前，

太上皇怒不可遏地問這隻怪鳥：

「為什麼不快點使平氏一家人滅亡，讓雅仁受痛苦的煎熬？」

怪鳥回答：

「我們早就想了很多使他們痛苦的方法，但是，後白河天皇（雅仁）命中注定享受的幸福還沒有到盡頭；平氏一家人，由於平重盛的忠心，離滅亡尚遠，請大王再等十二年左右，平重盛歸陰，屆時，平氏一家的福氣就會煙消雲散了。」

太上皇高興得鼓掌大呼：

「把那批奴才投入深海去餵魚！」

太上皇的呼聲震撼了整座白峯山，淒厲可怖之狀，非筆墨所能盡述。

西行法師為太上皇缺乏慈悲心而難過，情不自禁淌下了眼淚。

但是西行法師並不灰心，還想再作一次努力來淨化太上皇的靈魂，便又朗誦佛經裡的詩，規勸太上皇靜靜地到極樂世界去安息。

太上皇似乎被西行法師的一番誠心所感動，臉上憤激的表情漸漸趨於平靜，鬼火也熄滅了，恢復了原來模糊的身影，不久連模糊的身影也消失了，緊接著那隻像老鷹的怪鳥也不見了。

等西行法師清醒過來，發覺已經快要天亮了，小鳥在林中婉轉歌唱。回想剛才發生的事情，簡直像一場惡夢。

自從西行法師見到太上皇的幽靈起，經過了十二年，果如太上皇的幽靈所言，平氏一家全部被消滅在日本西海上。

以後，太上皇的陵墓經過整修、美化，到白峯去旅遊的人，都要到墓前去祈禱、參拜。

注釋

❶崇德太上皇：日本第七十五代天皇，名顯仁，又稱讚岐院，鳥與天皇的第一皇子，西元一一二三年即位，在位十八年，讓位給近衛天皇，稱太上皇，保元之亂後，被流放到讚岐，崩於該地（西元一一一九年——一一六四年）。

❷保元之亂：院政時代的後期，太上皇與天皇之間，爭奪政權，因而裂痕日深，雙方近臣的鬥法，尤為激烈，此種形勢演變到鳥羽太上皇的末年，鳥語與崇德之間為了立太子問題，遂正式破裂。擁護崇德天皇的近臣俟機政變，雙方秣馬厲兵，關係複雜，糾纏不清。保元元年（西曆一一五九年），鳥羽逝世，其黨羽源義朝、平清盛等制敵機先，夜襲崇德，結果，崇德兵敗，被流徙至讚岐（即現在的四國東北部），藤原賴長戰死，源為義及平忠正皆被斬，史稱「保元之亂」。

❸平治之亂：發生於平治元年（西曆一一五九年），起因是，保元之亂時，源義

朝自視平亂功高，但後來論功行賞時，卻低於平清盛，義朝不滿，遂與亦覺不滿之藤原信賴發動叛亂，結果被平清盛討平，義朝、信賴被殺，源氏及藤原氏的勢力皆被平氏壓倒，平清盛自此即逕行執掌政權，展開了以後數百年武人專政的歷史。

平治之亂時，源義朝之子賴朝被俘，時年十四，平清盛的繼母見其可憐，請赦免，同時平清盛迷惑於「常盤」（賴朝之母，後被平清盛娶為妻）的美色，故未殺賴朝，豈料以後平氏竟被賴朝消滅（詳見「平家物語」）。

菊花之約

春來柳綠成蔭，秋至葉落枝枯。不過，每到春天，楊柳還會發芽抽條，依舊又搖曳弄姿，可是知心的朋友一旦分手，就不容易再見面了。

說起來已經是好幾百年前，日本戰國時代（西曆一四六七年——一五六八年）的故事了：

有一位年輕的學者，名叫「文部左門」，侍奉老母住在播磨（古國名，在現在的兵庫縣境）的加古町。

他們很窮，家中除了藏書豐富以外，幾乎找不到一件像樣的家具。老母每天績麻及抽蠶繭的絲來賺錢，以維持生活，文部左門則一心研究學問。母子兩人頗能安貧樂道，並沒有因為貧窮而煩惱。

左門有一個妹妹，嫁給鎮上最富有的人家，他妹妹體念娘家貧困，每次回娘家來探望母親時，總是要自夫家帶很多禮物來，但是母親說：

「不可增加別人的麻煩！」

怎麼說也不肯收下。

某年春季的一天，左門到一位朋友家去玩。他們兩人天南地北無所不說，正談得興奮的時候，突然聽到鄰舍傳來病人呻吟的聲音。

「啊！是那一位生病？」

主人面有難色地回答：

「兩、三天前的一個晚上，有一位武士打扮的人，要回西國（古代關西以西諸國）去，途中和僕人走散了，想借住一宿，我看他溫文有禮，便答應了，豈料，當天晚上起，那人就發高燒，這一、兩天，根本就不能起床了。」

「唉！真可憐，也給你增加了麻煩。試想一個人在旅途中病倒了，舉目無親，心中是多麼難過喲！我想去探望他一下，給他一點安慰吧！」左門說著，站了起來。

「他患的是熱病，是會傳染的，別去吧！」主人勸阻道。

「我不在乎！」

左門笑著，隨手拉開隔間的門，進入房內，迎面撲來悶熱的空氣。

病人蓋一床陳舊的棉被，一直在不停地呻吟，臉色焦黃，身體其他部位的皮膚則呈青黑色，瘦得快成皮包骨了。

病人一見左門進來，便以沙啞的聲音請求道：

「請你倒一杯冷開水給我喝吧！」

左門遞了一杯冷開水給病人，同時安慰他說：

「請你安心休養，我一定照顧你！」

左門便和這家的主人商量，由主人出錢買藥、供應稀飯，左門則義務照料病人。

「請吃稀飯，可以增加身體對疾病的抵抗力。」左門勸道。

「謝謝，我永遠記住你對我的恩惠！」

「別說這些話了，快養好身子要緊，熱病只要過幾天就會好的，從現在起，我每天來照顧你，直到痊癒為止。」

果然，左門自那一天起，每天都來看護病人，日子一天一天過去，病人已快恢復健康了。

一天，病人已可起坐了，便向主人及左門表示謝意，同時透露自己的身世及遭遇：

「我的名字是『赤穴宗右衛門』，出生於出雲國（即現今島根縣境）的松江町，自幼愛讀兵書，因此熟諳兵法，富田城主『鹽冶掃部介』殿下請我擔任兵法教官。

有一次，鹽冶掃部介殿下派我為密使到近江國（即現今之滋賀縣境）的『佐佐木氏綱』那兒去，當我不在的時候，原先的富田城城主『尼子經久』想趁機奪取政權，占領城池，我聽到這個消息，便勸與鹽冶掃部介殿下有親戚關係的佐佐木氏綱起兵消滅陰謀不軌的尼子經久。佐佐木雖然儀表堂堂，但是卻膽小如鼠，畏首畏尾，藉著種種原因，按兵不動。

我不得已，只好帶著侍衛離開近江國，回出雲國，想不到，在旅途中竟患了熱病，承蒙兩位照顧，今後無論如何，我都不會忘記兩位的大恩大德！」

主人及左門聽完，都異口同聲說：

「不管誰有病痛、困難，都應該互相幫助，我們不過是盡了一點應該盡的義務而已，請你慢慢養病吧！不要太客氣了。」

左門及宗右衛門兩人的感情越來越濃，等宗右衛門的病一好，兩人就結拜為兄弟，宗右衛門比左門年長五歲，因此左門以兄禮對待宗右衛門。

左門的母親擔心兒子交不到好朋友，現在竟能和宗右衛門結拜為兄弟，自然感到非常高興，說：

「吾兒一直很用功，但是生於亂世，從來沒有得到慧眼者之賞識，今天真是三生有幸，能夠有你這樣一位好哥哥，請你絕對不要遺棄他，要好好指導他。」

宗右衛門自小就失去雙親，現在一舉獲得一位母親及一位弟弟，當然倍覺高興。

宗右衛門時常對左門說：

「在這樣的亂世之中，金錢及權勢都不可靠，最重要的是待人的誠心！」

就這樣，一家三口過得非常融洽，時間在歡樂的氣氛中悄悄溜走。

不知不覺已到了夏季，一天，宗右衛門對母親說：

「能夠和母親及弟弟這樣愉快地生活，真是最幸福不過的事，但是對故鄉總是惦念不忘，想暫時回出雲國，探聽一番富田城的情況，因此不得不暫時告別母親及弟弟。」

左門聽畢，大為震驚，但很同情哥哥的苦衷，便問：

「什麼時候回來呢？」

「嗯！秋天的時候吧！」宗右衛門回答。

「秋天太長了，應該說清楚幾月幾日，如此我才放心。」

「那麼……就在九月九日的菊花節吧！這一天，我一定回來！」

「好，一言為定，到那一天，我插菊花，準備好酒菜，等哥哥回來。」

就這樣依依惜別，宗右衛門匆匆啓程回出雲國去了。

時間就像流水一樣，很快便到了九月，一轉眼就是約定回來之日——九月九日菊花節。

左門比任何一天都早起，先灑掃庭院，把家中整理得整整齊齊。剪了幾朵竹籬旁的白菊花，插進花瓶，放在桌上，端詳了一會兒，覺得很滿意，便向母親說：

「媽！哥哥今天回來，我要到酒店去買酒，立刻就回來。」

「左門，你不想想看，出雲國離這兒差不多有四百里左右的路程，距離不能算不遠，不太容易準時到達，可能會遲一、兩天都說不定，等到了以後，再去買酒不遲。」母親想阻止他去。

「不，哥哥是言出必行的武士，一定不會爽約的，早一點準備好，別等他來了，再忙這忙那，讓他看了，不舒服……啊！我們在講話的時候，他可能就到了！」左門說完就跑出去了，一向遇事沉著不迫的他，今天開始匆忙起來。

這一天，從早上起，天氣就格外晴朗，是最適合賞菊的日子，路上的行人也都喜氣洋洋。

左門買酒回來之後，瞪著眼望著門外來往的行人，眼巴巴盼望宗右衛門快點歸來。

已經過了中午了，宗右衛門的影子都沒看到，左門深信哥哥一定會歸來，因此一直站在大門口等。

但是等到黃昏時分，太陽已快下山了，仍然不見哥哥回來。

「左門啊！還是到屋裡來休息一會兒吧！這樣長的路程，難免會遲到一、兩天的。」母親安慰左門說。

左門不得已，只好進到屋子裡來休息。

到了就寢的時候，左門在床上輾轉反側，無論如何也無法入睡，心裡老是惦念著哥哥，會不會發生什麼意外？

不斷在想：嗯，可能現在已經到了，便靜悄悄從床上爬起來，溜到外面去看看。

夜空極美，銀河遙懸天際，月亮的寒光只照著左門一個人。

等著、等著，月亮快要躲到山峰的背後去了，遠處傳來清晰可聞的海濤聲，及一兩聲犬吠……左門甚覺失望，心想，哥哥大概不會來了，正準備回房去的時候……

迎面看見一個模糊的人影，好像御風而行的樣子，左門微微嚇了一跳。

不正是等候已久的哥哥——宗右衛門嗎？

左門頓時欣喜若狂，跳了起來叫道：

「哥哥，我從早上就開始等起，你真的遵守信約，果然回來了……啊！請快到屋裡來，走得很累了，快歇歇腳，休息一下。」

但是宗右衛門默不作聲。

左門三步併作兩步跑進屋內，把酒、菜搬到窗邊的桌上。

「哥哥，這些菜全是我親手為你做的，也是你平時最喜歡吃的菜，請用吧！」

左門再三地催請，宗右衛門還是低著頭，似有無限傷心的樣子，深深嘆了一口氣，終於幽幽地開口了：

「左門，你親手為我做的菜，現在已經白費了，我要告訴你原因，你先別怕喲，我……我已經死了，你現在看到的我，不過是我的靈魂而已！」

左門嚇了一跳，但是總懷疑哥哥是在開玩笑吧。

「哥哥，為什麼說夢話呢？」

「不是夢話，是真的！聽我慢慢說來。」宗右衛門哀傷地接著說：

「當我回到出雲國時，才知道尼子的勢力已經非常強大了，原先忠於鹽冶的臣子全部倒向尼子了，我的一個堂弟——赤穴丹治也看風使帆成為他的心腹了，並且還來向我游說，叫我也向他靠攏。

有一天，我對堂弟說：『尼子是怎樣的一個人呢？我想先見他一面，再決定要不要服侍他——做他的家臣，請你替我介紹一下吧！』

堂弟非常高興當介紹人。

堂弟領我謁見尼子，尼子的相貌堂堂，顯得很有氣魄的樣子，身邊沒有侍衛。不過我覺得他猜疑心很重，因此不願意為他效命，想要告辭，尼子懷疑我是佐佐木的同夥，便命令兵士逮捕我，把我監禁起來。

我被監禁在牢房內，心中惦念著和你約好九月九日要回來，非常焦急，因此度日如年，想盡了逃出來的方法，但是尼子派人輪流守衛，根本沒有逃走的機會。

時間就這樣一分一秒地在我焦急如焚的心情下過去，終於熬到今天，我在牢房中想，如何實踐諾言呢？我想起有人說：『人一天走不到四千里，但是靈魂一天卻可走一萬里！』因此我便在牢房中切腹自殺！如此，我靈魂當可在菊花節的這一天，實踐和你約會的諾言。我是乘風自遙遠的地方到達這兒的。

從今天起，你要比以前更孝敬年老的母親，祝你們生活幸福！」宗右衛門說完，站起來，一瞬間像霧一樣消失不見了。

左門不禁連聲驚呼：

「哥哥！哥哥！」

沒有回答聲，但覺得一陣怪風颯的一聲自面前吹過。

左門的母親被驚醒了，到客廳來，看見左門伏地痛哭，便問：

「兒啊！為什麼哭呢？是不是因為哥哥沒有回來？」

「不是的，媽！哥哥已經回來過了！」左門含著眼淚把剛才發生的事情，一五一十地向母親說。

母親聽完，深表同情地說：

「被人關進監獄裡的犯人，晚上作夢被釋放；口渴的人，會夢見在喝水；你可能就是因為太惦念哥哥回來，而夢見他了吧？」

「不是的，絕對不是作夢，哥哥千真萬確回來過了！」母親看見左門如此認真地說，相信不會是作夢了，便陪著左門哭到天亮。

第二天，左門向母親請求道：

「媽！請准許我一個請求，讓我到出雲去一趟，我想去安慰哥哥的亡靈！」

「我很了解你的心情，去吧，快去快回，以免讓年老的媽一個人在家操心。」

「媽！我覺得人的生命真相是漂浮在水面上的泡沫，隨時隨地會破滅，我不知何時會發生意外……我儘可能早日回來。」

左門便告別母親啟程了。

左門一想到哥哥為了實踐諾言而自殺的事，就恨不能早日抵達出雲，因此日夜不休息地趕路，第十天的黃昏時分便到達出雲。

左門一到出雲，就立刻拜訪宗右衛門的堂弟——赤穴丹治，赤穴丹治早就從宗右衛門的口中得知他們兩人結拜為兄弟，因此引導左門進入客廳，兩人面對面坐定之後，左門開門見山地說：

「我來此的目的，是想領回哥哥的遺骨。」

丹治驚訝道：

「你怎麼會這樣快知道了他的死訊，難道有飛鳥傳信不成？」

「讓我來告訴你吧！」左門嚴肅地說：

「作為一個武士，不求陞官發財，也不羨慕舒適的生活，而是要在無論如何困難的情況下，心志堅定，不受左右，要言出必行。哥哥約好九月九日菊花節回家歡敘，他沒有忘記，為了言出必行，竟切腹自殺，靈魂在四百里的道路上飛馳，趕來赴約，我為了報答他的守信，特地到此地來。

我是一個愛讀書的人，現在提出一個問題，想聽聽你的高見。

遠在中國戰國時代（西元前四〇三年至西元前二二一年），魏國宰相公叔痤病重，魏惠王親自來探病，看到公叔痤的病況很嚴重，便握住他的手，問：

「萬一足下不幸，我們國家怎麼辦？誰可以繼承你的職位，請你推薦一位吧！」

「我想，商鞅可以擔當此項重任，他雖然年輕，但有奇才……」公叔痤有氣無力地推薦商鞅。

「……」魏惠王沒有作聲，顯然不贊成，同時覺得再談下去，沒有多大意思，正想離開的時候，公叔痤令伺候左右的人退出去，輕聲對魏惠王說：

「陛下如果不用他，就把他殺掉，以免他跑到外國去，將來成為本國的大患！」

魏惠王應允後離去。

以上這段歷史，你大概早就耳熟能詳了。

你和宗右衛門是堂兄弟的關係，你對他的才華一定非常了解，你是否會把中國的故事搬到日本舞台來重演？」

丹治被左門如此一問，無話可達，不敢抬頭看左門。

左門睹狀，立刻大怒：

「赤穴丹治！我要報答哥哥對我的一番真情，同時我要教你，何謂武士的真正之道？」

說罷，便拔刀向丹治砍去，丹治應聲倒臥在血泊中。

左門殺了丹治，竟在丹治的家臣們驚慌失措中，從容逃脫。

這件事情，很快就傳到尼子經久的耳中，尼子經久深為左門及宗右衛門兩人的友愛所感動，因此下令不准追捕左門，讓他逃走。

注釋

商君者，魏之諸庶孽公子也，名鞅，姓公孫氏，其祖本姬姓也。鞅少好刑名之學，事魏相公叔痤，為中庶子。公淑痤知其賢，未及進，會痤病，魏惠王親往問病，曰：「公叔病如有不可諱，將奈社稷何？」

公叔曰：「痤之中庶子公孫鞅，年雖少，有奇才，願王舉國而聽之。」

王默然，王且去，痤屏人，言曰：「王即不聽用鞅，必殺之，無令出境。」

王許諾而去。

公叔召央謝曰：「今者，王問可以為相者，我言若，王色不許我。我方先君後臣，因謂王：『即弗用鞅，當殺之！』王許我，汝可疾去矣，且見擒！」

鞅曰：「彼王不能用君之言任臣，又安能用君之言殺臣乎？」

卒不去。

——史記商君列傳

望夫歸

一

下總（古國名，即現今千葉縣及茨城縣的一部）葛飾真間里（現今之市川市境）有一位名叫「勝四郎」的男子。

勝四郎自祖父起就住在真間里（里是日本古代行政單位，五十戶為一里），他擁有很多的祖業——田地，過著極富裕的生活。

但是，勝四郎好逸惡勞，不愛耕田的生活，因此漸漸貧窮起來了。原先來往親密的親戚、朋友，因為他窮，也就日益疏遠了。勝四郎非常悔恨自己的懶怠，追念以前的富裕生活，暗忖總得想些方法，來改善目前貧困的生活。

當時，有一位名叫「雀部曾次」的商人，經常批購足利（地名，即現在的足利市附近）的絹，運到京都去販賣，所以時常順便到真間里來探望親友。勝四郎在偶然的機會結識了雀部曾次。

有一次，勝四郎向卻部曾次央求道：

「我種田種膩了，不想再繼續下去，請你帶我到京都去經商吧！」

「好吧，這次上京都，你就跟我去，我教你經商。」

勝四郎得到雀部曾次的允諾，非常高興，便立刻回去做經商的準備——把田地全部賣掉，賣得的現款悉數用來買白絹，準備拿到京都去賣。

勝四郎的妻子宮木，是一位絕色美人兒，輕薄的男子在路上遇到她，沒有不痴痴地望的。她的性情溫柔，但是意志卻極堅強。

宮木聽丈夫說，想棄農就商，頗覺難過，如此一來，一個人獨守空閨，如何排遣寂寞好呢？費盡了唇舌想叫丈夫改變初衷，但是毫無效果。

宮木為丈夫整理行裝，思前想後，想到丈夫離開後，可能發生的很多事情，這些將全由她一個弱女子來獨力承擔了。

在勝四郎要啟程的前一天晚上。

「你明天就要經商去了，把全部的田地都賣光，留下我一個女人，叫我怎麼過日子呢？」宮木含著淚說：

「在外不比在家，沒有人照顧你，一定要保重身體……別忘了我，要儘早回來……」

「到人生地疏的外國去，情形怎樣，還不知道。」勝四郎說：

「到了今年葛葉飄落的秋天，我一定會回來，請妳堅強地等著我！」

勝四郎不斷地安慰抽泣不止的妻子，就這樣，不知不覺東方已經發白了。

在雄雞報曉聲中，勝四郎和雀部曾次兩人急忙向京都出發，留下宮木呆立在蒼茫的曉霧之中……

當時是享德四年（西曆一四五五年）夏季，鎌倉的足利成氏和管領上杉之間發生不愉快，足利成氏竟因此遭到京都幕府軍的襲擊，住宅也被付之一炬。

足利成氏狼狽逃到下總來，準備俟機反攻，因此關東一帶便連日鏖戰不休，到處斷垣殘壁，民不聊生，年輕的被強迫拉去當兵，老弱婦女便紛紛躲到山裏去，生怕遭到燒殺、蹂躪的命運。

勝四郎之妻宮木，本來也打算避難，但是一想到丈夫說過，秋天一定會回來，便只好按捺住惶恐不安的心情，決心留下來等丈夫。

時間在期待中，一天一天挨過，終於到了秋天，但是丈夫的消息一點都沒有。

宮木想，在亂世中的人心最險惡，丈夫該不會是薄情郎吧！不禁悲從中來，詠了一首詩：

日日夜夜盼君歸，
念君思君情難堪。
寄語秋雁西還日，
催促檀郎早日歸！

烽火連天，遠近騷然，書信早已不通，這首詩自然也無法傳遞。

由於宮木豔麗出衆，而且丈夫又不在家，因此有不少輕薄少年經常來花言巧語，想勾引她，但是她屹然不為所動，守身如玉，堅信丈夫一定會回來的。

身邊一個侍女找機會溜走了，剩下一點錢，眼看就要用光，且又到了年底。新年轉眼到了，但是在混戰的局勢中，一點看不到和平將來臨的曙光。

在勝四郎該回家的那一年秋天，美濃國郡上城主東下野守常緣奉京都的命令，陞為征東指揮官（並賜予下總的領地），攻打足利成氏，足利成氏拼命抵抗，因此戰火又燃遍了關東一帶。各地的野武士遂乘機燒殺搶掠，無惡不作，簡直好像到了世界末日一樣。

現在，再來談談勝四郎：

話說勝四郎帶著一大批絹跟雀部曾次到了京都，當時是義政將軍的東山時代，京都的仕女都愛好華麗的服飾，很快就被搶購一空，因此勝四郎大大地賺了一筆錢。

勝四郎賺了大筆錢，正計劃回葛飾時，下總地方卻為了足利成氏和上杉之間的不快而掀起了戰爭。因此回家的道路已經不通了。可是勝四郎並不知道，八月初竟收拾行囊，自京都出發，直朝下總方向趕路，走到馬籠峠（古稱「真坂峠」）時，已近黃昏，突然前面出現幾個虎背熊腰的土匪，擋住去路，勝四郎身上的錢財全部被奪。事後，勝四郎才聽說，自真坂峠以東，新設了很多關卡，來往的旅客早已不准通行了。因此不但不能回故鄉，連寄一封信給愛妻也不可能。

勝四郎想：「我的家一定毀於戰爭之下了，妻子一定也不在人世了，家鄉早已成了鬼域！何必回去呢？」

因此便折回京都去，剛進入近江（古國名，即現今的滋賀縣境）國境，竟換了熱病。便寄居在武佐（地名）的兒玉嘉兵衛家裏。兒玉嘉兵衛很富有，她是雀部曾次的岳父。

兒玉嘉兵衛延請名醫為勝四郎治病，照顧得很周到，熱漸漸退了，經過數日已經覺得好多了，深深感激兒玉嘉兵衛的救助，本來想病一好就出發到京都去的，但是腳還是沒有勁，只好又住下了，竟住到過年還沒走。勝四郎在那兒結交了很多朋友，自然對當地發生了感情。同時，時常到京都去探望雀部曾次，不知不覺，往返於京都、近江之間，竟然足足過了七個年頭。

寬政二年（西曆一四六一年），河內（古國名，即今之大阪府）的畠山兄弟為了爭立嗣子而發生了戰爭，因此京都附近也騷然不安起來了。而且從那一年的春天起，傳染病猖獗，連道路兩旁都堆滿了死屍，無人不懷疑，是不是世界末日要到了？

勝四郎：「一個人落魄在外，一事無成，專門依靠朋友接濟，如此苟延殘喘的生活有什麼意義呢？……時間真快，一晃就是好幾年過去了，留在故鄉的妻子生死不明，像是一棵被遺忘了的小草，多麼可憐！縱然是已不在人世了，也應該回故鄉去收殮她的屍骨，為她祈求冥福才是……」

勝四郎想到這兒，便痛下決心，無論如何非回故鄉不可。走了十天的路成，終於到了闊別數載的真間里。

二

到了真間里時，日已西沈，天上陰雲密布，眼看就要下雨的樣子。田野和路中全都長滿了深可齊膝的野草，連從小就在這裡長大的他，都快要迷路了。

真間川的木板橋是有名的遊覽勝地，詩歌中時常提及，現在，橋板已經散落在沙灘上，早就沒人通行了。

錯落在荒草中的房屋十之八九都成了一堆斷牆碎瓦，然有幾間房子裏似有人住，但不像是以前認識的老鄰居。自己的家到底在那裏呢？

勝四郎站在草叢中，星星在雲隙中射出微弱的光，藉著一絲微光，他看見離他站著的地方約三、四公尺遠有一棵曾遭雷劈的古松……

「啊！那棵松樹的旁邊，就是我的家……」

他欣喜若狂地朝自己的家奔去。

燈光自窗戶射出，證明房子裏有人住，或許是別人？也可能妻子尚健在？他的心忐忑跳個不停。

他走到門口，清一下嗓門，屋中立刻有人問：

「是那一位？」

聲音聽來是相當年老的婦人的，但是勝四郎聽得出就是他妻子的聲音，他聽到妻子的聲音，心在猛跳，真懷疑是在作夢！

「是我，我回來了喲！在這樣雜草叢生的荒野中，尚能健存如昔，真是奇跡！」

裏面的人似乎聽出是勝四郎的聲音，立刻開門。

門啓處，映入眼簾的，是一個蓬頭垢面，雙目下陷的老婦人，實在不敢令人相信，他就是以前美麗的宮木。

宮木一眼望見丈夫，悲喜交集得一時講不出話來，眼淚不禁簌簌而下。

勝四郎也是同樣的心情，良久良久才好不容易開口說：

「如果早知道妳尚在人世，我絕不會在異鄉漂泊那麼久。

那一年，我在京都時，鎌倉地方已經發生戰爭了，據說政府軍潰敗後，集中到下總防守，管領仍率兵尾追不捨。我不斷聽到戰亂的消息，但是仍然告別了雀部曾次，在八月初的時候，自京都出發，歸途經木曾路，在真坂峠遇到山賊，財物遭洗劫一空，僅保住了一條命而已。繼又聽到同村的人說，東海道、東山道都陸續增設了很多關卡，來往旅客全部不准通行了。同時，京都加派軍隊增援上杉氏，因此戰火更加猛烈起來。

據傳，家鄉戰火瀰漫，遍地遭軍馬蹂躪，我猜想妳不是被戰火燒死，就是投海溺死，因此，回來還有什麼意思呢？便又折返京都，在京都受朋友接濟度日，想不到一晃就是七年！

但是近來，思鄉心切，縱然妳已經不在人世，仍然應該回來尋找妳的屍骨，為妳安葬，為妳祈求冥福……唉！終於回來了，回想往事，真是像一場夢呢……」

宮木儘量抑止住眼淚，說：

「自從你遠離家鄉之後，我日夜盼望你早日歸來。就在那一年的秋天，戰火燃燒到我們村裏來了，村裏的人紛紛拋棄田園，逃到海島上去了，或者藏入深山，留下來的大多是心如豺狼的傢伙，經常花言巧語來勾引我，但是我一一嚴拒，含辛茹苦地等你回來。

不久，天上的牛郎織女在銀河相會，但是不見你回來。冬去春來，依舊沒有你的消息，我本想翻山越嶺到京都來找你，但是處處關卡，連大男人都不得通過，何況一個弱女子呢？不得不取消到京都的念頭，每天望著門前的那棵松樹，祈禱你總有一天會回來，我成天和狐狸、貓頭鷹為友，一直過著淒涼悲傷的日子……

一見到你，我以前因為盼望你回來所受的苦痛及怨恨，全部煙消雲散了。假使沒等得及你回來，我就死了的話，那麼我的一番純情，你是永遠不會知道的了，那豈不遺憾……？」

勝四郎柔聲地安慰妻子說：

「夏天的夜短，很快就天亮的，來，早點睡吧，明天再慢慢談好了……」

三

勝四郎由於旅途勞頓，一躺下就呼呼入睡了。

松風自破窗戶吹進來，整個晚上涼爽異常，勝四郎睡得非常舒服。

東方漸漸發白，勝四郎尚在半睡半醒狀態，但總覺得有點寒意，晚上明明蓋了棉被，怎麼會有颯颯的樹葉聲？冷冰冰的東西沾在臉上，好像是露水。睜開眼睛一看，破曉時分的月光淡淡地自幾乎落光了瓦的屋頂射下來。

勝四郎大吃一驚地坐起來，向四周一看，房屋荒廢得可怕，連一扇門都沒有了，地板破裂、塌陷，並且從地板縫中長出荻草及狗尾草，牆上爬滿了常春藤及葛，庭院中全是雜草。時序雖然是夏季，但是荒涼的景象跟秋天的原野一樣。

昨夜，依偎在他身旁睡的妻子到那兒去了呢？連人影也找不到了，難道被狐狸精愚弄了不成？

在仔細審視荒廢的房屋、穀倉、廚房等雖然已非原來面目，但仍然可以看得出來，是以前親自設計建造的，絕對是原來住過的房屋無疑。

勝四郎傻愣愣地站著，目睹此情，不難想像妻子早已不在人世了，荒廢的房屋和原野一樣，只是供狐狸、野兔棲息罷了。

會不會是什麼妖精變成宮木來愚弄自己？或者是宮木的靈魂從陰間回來和他敘舊？

想到昨夜共枕的妻子，他的容貌除了蒼老一點以外，和以前一樣……

她死了，房屋也傾圮了，他不禁吟詠起杜甫的詩句：

「飄搖何所似？天地一沙鷗！」

如今只剩孑然一身，面對淒涼景色，不禁愴然淚下。

一個人悃然在臥室踱著，赫然發現有一處的地板被撬掉，露出土塚，且有防雨的設備。昨夜的幽靈就是打從這兒出來的吧？

勝四郎看到土塚，除了覺得害怕以外，同時又湧出無限的懷念之情。塚前的供品中有一杯水，杯內有一支木筷，木筷上貼了一張紙，上面的字跡雖然已經不易辨認了，但是仍然可以肯定是妻子寫的。但末尾無戒名（人死後取的名字），也無歿時的年月日。仔細辨認，是一首詩：

「夜半無人約歸期，
望斷碧空不見雲。
若能待得檀郎歸，
拚卻紅顏誓不悔！」

宮木把一腔幽怨完全寄托在這首詩裏，勝四郎念完詩，不覺嗚嗚哭出聲來。身為丈夫，連妻子是何年何月死的都不知道，未免太說不過去了，應該設法打聽，看看有誰知道？便拭乾眼淚，走出荒涼破落的房屋。此時日已高昇。

勝四郎沒精打采地走到一間離家最近的房子，看看似乎有人住的樣子，正想上前探問，對方卻先問：

「你是從那兒來的？」

「我是那幢房子的主人，為了經商，七年前到京都去，昨夜回來，房屋已成廢墟，妻子已經死了，就葬在臥室內，但是她是什麼時候去世的，我不知道，如果您知道的話，請您告訴我。」勝四郎溫文有禮地說。

「很抱歉，我一年前才搬來此地，尊夫人大約在我搬來以前就仙逝了，因此我不知道尊夫人的仙逝日期。

原先住在本村的人，在戰爭初起時，都紛紛逃往別處去了，目前住在本村的人，都是從別處遷居而來的。現在僅剩一位老翁是本村原先的居民，他時常到本村的每一家去幫助別人，你不妨去請教他，他大概會知道的。」

「那位老翁住在那兒？」

「從這兒往海邊走，大約一百步左右，有一片麻田，是他種的，在麻田的邊緣有一家小房子，他就住在裏面。」

勝四郎隨即按指示的方向走去，很快就找到那間小房子。一位年約七十歲的老翁，正坐在竈前喝茶，老翁一眼望見勝四郎，便說：

「哎！你怎麼這麼久才回來？」

勝四郎仔細端詳，看出是以前就住在本村的「得真翁」，便先恭祝他高壽，然後才說到京都經商的經過及昨夜發生的怪事。

老翁聽完後說：

「自從你去京都的那年夏天，戰爭就開始了，大家紛紛棄家而逃，唯有她不逃，因為她說：『我丈夫和我約好，秋天一定回來，我要等他！』我活到這大把年紀，還沒見過像她這樣意志堅強的人，非常敬佩她。

但是，秋去、冬來，到了第二年的秋天，你依舊沒有回來，她由於思念你而憂鬱成疾，竟至臥病不起，到八月十日終於含怨以終。我親自為她挖掘墓穴、埋葬，那首詩，是她臨終時的絕筆，我本來就不會寫字，因此沒有在墓上寫明她去世的年月日，加之，廟離此地很遠，我的腿行動不便，所以沒到廟去請和尚為她取戒名……算來以經五年了……

她思念你，而你沒有回來，一定滿懷怨恨，當你回到家的那天晚上，她也許在地下有知，特顯靈來找你。她雖死，心猶未甘，來，我們再一起到墳前去為她祈求冥福，請她的靈魂好好安息吧！」

老翁說完，便拿起枴杖，和勝四郎一起到宮木的墳前祭拜，勝四郎又傷心地痛哭了一場。

這天晚上，老翁向勝四郎講了一個老故事：

「很早很早以前，在我的曾祖父還沒出生的時候，真間里有一位名叫『手兒女』的美麗姑娘，由於家裏很窮，只能穿麻織的青領衣服，頭髮上不但沒裝飾品，連鞋子都沒得穿。

但是，她的容貌之美，如同八月十五的月亮（見古詩描寫美人：「面如明月，輝似朝日。」），笑的時候，則如芙蓉花怒放一樣明豔照人。京都的名媛雖然穿戴得花枝招展，但都比不上她美。京都的武士及鄰國的男士無不為她的美色所傾倒，個個為她瘋狂。純情、善良的她，目睹這樣多男士為她苦惱，自己也感到於心不忍，因想到：『何不以死來了卻塵世的煩惱呢？』竟然投海自殺了。

她自殺之後，有不少詩人作詩來悼念她，因此她的故事便留傳下來了。我在很小的時候，聽媽媽講的。真是一個可憐的姑娘呀！尊夫人和這位『手兒女』，那一個的心情更覺得悲痛呢？

老翁講完上面這段故事，不覺泫然欲淚，勝四郎的悲感更遠非筆墨所能盡述。

勝四郎在悲戚之餘，詠了一首詩寄懷：

昔有手兒女，艷麗驚四方。
不堪痴情苦，隨波尋解脱。

繼又賦悼亡妻詩一首：

相約葛黃時歸，無奈烽火阻隔。
七載重返故土，人天竟成永訣。

夢中鯉魚

從前，有一位擅長繪畫的和尚，名叫興義，住在琵琶湖畔的三井寺。

興義和尚所畫的畫，不是山水，也不是花鳥，而只是魚。

漁夫從琵琶湖用網網到的魚，或者用釣竿釣到的魚，大都被興義和尚收購來放生回湖中，興義和尚便取筆畫下目睹魚兒高高興興跳入水中逃生的樣子。

興義和尚畫魚一連畫了兩、三年，畫魚的技巧，已到爐火純青的境界。

有一天，興義和尚跟往常一樣，向漁夫買魚放生，畫下魚兒逃生的樣子，不知為什麼原因，還未畫完，就昏昏沈沈入睡了。

夢見自己進入水聲汩汩的湖底，無數大大小小美麗的鯉魚在他四周擺鰭搖尾而游。

「把他們畫下來，一定美極了！」興義和尚心理這樣想著，就醒過來了。立刻取紙、筆畫下夢中所見的景象，畫畢題名為「夢中鯉魚」。

這幅「夢中鯉魚」上的鯉魚栩栩如生，看起來好像會躍出畫面似的，畫得實在太像了。

到寺廟來參拜的香客，每個人見了「夢中鯉魚」都喜愛得不得了，紛紛請求興義和尚割愛。

興義和尚微笑著拒絕道：「假使送給你們，我怕你們會把新鮮的鯉魚做成沙西米（生魚片）吃掉，不如留在廟裡安全。」

有一年，興義和尚得了重病，連續發了七天的高燒，突然閉上眼睛，停止呼吸了。

和尚的朋友及弟子們都悲慼地圍繞在他的四周，但是發覺他的胸部依舊有溫度，也許會甦醒過來吧？大家便守望著等待。

不知過了多久，和尚突然長嘆一聲，眼球轉動，簡直像是從夢中醒來的人一樣，一骨碌坐起來。

四周的人嚇了一跳，和尚問：

「我斷氣了幾天？」

「大師是三天前……我們以為大師已經圓寂了，大家正在商討喪禮的問題，無意之中發覺大師的胸部尚有微溫，因此沒有收殮，就這樣守候在四周……啊，現在不必再計劃喪葬之事了，真高興！」

和尚聽他們這樣說，莞爾道：

「你們之中隨便那一位到『檀家平助』先生那兒去一趟，告訴他：『和尚已經復活了，現在你們正在用『醋浸魚肉絲』來下酒，請停止宴會吧，快到廟裡來，和尚有一個有趣的故事要講給你聽！』請喚平助先生來！」

「我去吧！」有一位弟子自告奮勇出去了。

那位弟子到了平助先生的宅第，一看，果然如和尚所說，主人平助先生正招待弟弟十郎、家臣、僕人等飲酒，菜餚之中，赫然有一盤『醋浸魚肉絲』！

弟子便把和尚吩咐的話，向平助先生說了一遍，平助先生大驚失色，立刻下令停止宴會，親自跑到廟裡來向和尚道賀：

「大師復活了，特來慶賀！」

和尚點著頭，接著問大家：

「你們曾經托漁夫文四帶魚給你們？」

「嗯，確有其事，大師怎麼知道的呢？」

「文四提著一只漁筐，內裝一尾長約一公尺的大魚。」和尚對著平助先生說：

「提到府上，令弟十郎正在客廳和朋友下棋，站在一旁的僕人看到文四，接過大魚，給了文四桃子及酒作為犒賞，把魚交給廚師，並另作成醋浸魚肉絲……我所說的，都是事實吧？」

平助先生及其隨員們聽了和尚所說的，都驚訝得不得了：

「確如大師所言，但是您怎麼知道的呢？」

和尚慢條斯理地說：

「前幾天燒得很厲害，覺得痛苦得不得了，以至於氣絕，但是氣絕的事，我並不知道。恍惚之間，覺得燒已經退了，便拄著拐杖走出寺廟，身輕似燕，心情愉快得真像飛出籠子的鳥。不知不覺就到了琵琶湖畔，景色和往常一樣，只是覺得湖水特別清澈可愛，看到這樣迷人的湖水，不禁想游泳了，我迫不及待地脫去衣服，噗咚一聲跳進湖中。

奇怪，我本來並不會游泳的，但是那時卻能隨著自己的意思在水中游來游去，不過游泳的技術再怎麼高明，還是比不過魚兒的，我心裡想：如果能夠和魚兒一樣游得那麼好，豈不快哉！突然有一尾魚出現在我面前：

『大師，您的願望太容易實現，請稍等一下！』

說完，那魚便沈到水底下去不見了，過了不久，有一位穿著文官制服的人騎在剛才那尾魚的背上來了。他對我說：

『海龍王很感謝您以前救了無數的魚，所以願意滿足您的願望，特地命令我送一套金鯉魚的服裝給您，只要一穿上它，您就能夠和魚一樣在水中游樂自如，請您痛痛快快在水中玩耍吧！』

那人說完，剎那間不見了蹤影。

我穿上金鯉魚的服裝，瞬間金光閃閃，自己竟變成了一尾金色的鯉魚，我高興極了，自己有時乘風有時破浪，一直游到白浪滔天的大海裡去戲水。

我在水面戲水時，把在岸上遊客的衣服都給濺濕了，我想，何不潛入比良山的影子所射到的深水裡去躲起來呢？但是並沒能如願，因為堅田一帶的花很明艷，我便靠近去瞧瞧，竟一直游到沖島去了。有時也在水草叢中悠悠忽忽地閒蕩。

玩了不知道多久，忽然覺得肚子餓起來了，便在水中到處尋覓可充飢的食物，但是連一點食物都沒找到，正在絕望的時候，文四竟適時垂下釣絲，我在水中望見魚餌，由於飢腸轆轆，益發覺得魚餌美味可口，雖然知道吞下魚餌即有生命之虞，但是我想文四不至於對我太無情吧，便放心一口吞下魚餌，豈料文四竟立刻把我釣起來，拋入魚筐，我失聲大呼：

『喂！文四！是我！我是興義大師！』

文四卻裝作沒有聽見，把我帶到平助先生的府上去，如我剛才所說的，我看見十郎和朋友在下棋。

廚師把我放在砧板上，正要破我的肚子時，我驚呼：

『阿彌陀佛！我是和尚，豈有人敢破和尚的肚子？救命啊！救命啊！』

不管我怎樣拼命呼救，一點也沒用，廚師照破不誤，我便驚醒——復活了。」

平助先生回到家，立刻命令僕人把宴會時剩下的「醋浸魚肉絲」倒掉。

興義和尚的病也就霍然而癒，一直活到九十多歲，都沒再生過病，在圓寂之前，把生前所畫的魚畫，全部扔進琵琶湖，畫面上的魚竟一條條離開畫面，游到湖心去了。所以興義和尚所畫的魚畫，沒有一張留傳下來。

佛法僧

日本在德川幕府時代，人民安居樂業，歌舞昇平，長達兩百餘年之久。

春天到了，繁花照眼，仕女們成群結隊賞花；秋天到了，騷人雅士則至楓林看紅葉。一年四季都有人忙於旅行、尋樂。真是令人嚮往的黃金時代。

當時，有一位名叫「拜志」的男子，住在伊勢（古國名，即現今三重縣境）相可里，此人很早就把產業交給兒子，竟厭世而落髮為僧，法名「夢然」。由於身體結實，所以經常至各地名勝旅遊。

夢然的最小一個兒子名叫「作之治」，因為最受寵愛，所以生性驕傲固執，頗令做父親的夢然擔憂。

一天，夢然靈機一動，想到：「應該帶他到京都去見見世面，多接觸一些人，也許會改變他的個性。」

因此就帶「作之治」到京都二條街的別墅住了一個月左右，然後在三月末又到吉野的深山去賞花，在熟悉的寺廟裡住了七天。

夢然對作之治說：

「高野山一次都沒去過，我們一起去玩玩吧！」

當時是夏初，草木異常茂盛，父子倆在天川地方開始登高野山，山道過於崎嶇險峻，因此爬得很慢，還沒到山頂，天已經黑了，留在山腰的話，根本不行，只好拼命摸黑再向上爬，好歹總算爬到了山頂。沿途有供佛的寺廟及供放死人骨灰的祠堂，父子倆都一一去念經、禮拜過。今夜非在山上過夜了，但是荒山上找不到人家可以住宿的地方，而且寺廟裡規定，不認識的和尚是不准收留住宿的。除非下山去，否則是找不到過夜的地方了。

夢然雖然精神很好，但是年事已高，好不容易爬上山，再下山是辦不到的了。

作之治說：

「山路非常險峻，我腳已起泡，痛得不得了，根本沒力氣再下山。爸爸這樣老了，怎麼可以露宿在荒山上，萬一受寒生病，怎麼是好呢？」

但是懞然的心情卻漸漸平靜下來了：

「旅行時，遇到如此狼狽的情形，並不稀奇，也許更覺得有趣咧！我們何不就在山上坐一夜不睡呢？弘法大師曾到過此山，因此是最值得紀念的山，我們不妨念一整夜的經，安慰已死者的靈魂吧！」

父子倆便在濃密的山林中彳亍前行，來到一座祠堂，把雨衣攤在走廊裡，兩人坐在上面，就開始念經了。

夜，越來越深了。

附近一帶，似乎經過開墾，或者是弘法大師到此講過道的關係，看起來並不覺得有什麼可怕了。

此地離寺廟太遠，因此根本聽不到木魚聲及鐘鼓聲。附近高聳的杉木，給人莫名的空虛之感；小溪的潺潺流水聲，又增添幾許寂寥的氣氛。

夢然在念經的休息時間說：

「據說弘法大師的法力浸及土、石、草木，大師的佛法廣被日本，而高野山是佛法最多的地方，今夜能在此地念一夜經不睡，真是畢生最幸福的事！」

突然，從祠堂後面的叢林中傳來「普婆！普婆！」的鳥鳴聲。

夢然聽到這種鳥名聲，振作了一下，說：

「啊！稀奇的叫聲咧，這是名叫『佛法僧』的鳥，聽說很早很早以前，就有這種鳥棲息在此山中，但是卻很少有人聽到叫聲，我們父子倆今夜竟然聽到了，一定是好的預兆。這種鳥只有此山才有，在大師的詩中曾經提到過的。」

夢然高高興興地點燃祠堂的座燈，取出懷中的筆硯，記下剛才聽到佛法僧的鳴聲及聽到鳴聲的心情，記完後，清清耳根，想再聽一次佛法僧的鳴聲。

但卻意外地從老遠的廟那邊傳來開路的人（大官出遊時的前導）的吆喝聲：

「下面！下面！」

顯然是朝這邊走來。

夜這麼深了，會有誰來呢？父子倆狐疑地互相望望，不免有點驚訝，屏息靜聽，凝視聲音來的地方。

轉瞬間，「下面！下面！」的吆喝聲非常接近了，一會兒，很多年輕武士的身影，在幽暗中浮現。

一群年輕的武士雄赳赳氣昂昂地踏著祠堂大門前的木板進去。父子睹狀大驚，正想躲到祠堂的右邊去，卻被年輕的武士們發現了，喝道：

「將軍駕到，快點滾下去！」

父子倆趕緊跳下走廊，前額觸地，跪在一旁。

大批的武士陸續經過，後面來了一位穿戴華麗的人，像是將軍。升堂之後，左右站了四、五名侍衛。

貌似將軍者問侍衛：

「……怎樣了，怎麼還沒來？」

「立刻就來。」侍衛恭恭敬敬地回答。

過了不久，又響起一陣腳步聲，一位年輕的武士帶頭，後面跟著一大群和尚，大家魚貫升堂。一連串的儀式舉行完畢之後，先前那位貌似將軍者問：

「常陸（豐臣秀次的家臣）為什麼遲到了？」

「因為白江、熊谷（皆為秀次的家臣）兩位勸酒，所以來晚了。」一位年輕的武士回答。

然後開始宴會。

貌似將軍者接過侍童端上的酒，邊飲邊問：

「紹巴在嗎？我很早就想聽他講故事了！」

此時，夢然父子跪在地上，微微抬頭，看見一位面目清秀的和尚，迅速整了一整僧袍，恭敬地走到貌似將軍者的前面。這位和尚大概就是紹巴了，他開始吟唱豐臣秀吉所愛好的詩。

貌似將軍者向紹巴問了很多掌故及趣聞，紹巴都一一詳細答覆。

貌似將軍者覺得很滿意，即席賜予很多物品，表示嘉許。

紹巴接過贈品，正在得意的時候，有一位武士突然提出難題問道：

「根據弘法大師留下的詩知道，流經本山的玉川，其水有毒，不能飲用。而弘法大師的佛法能及於土、石、草木，唯獨沒有及於水——未能解水之毒，你對這件事有什麼看法？」

紹巴微笑著回答：

「弘法大師的確有一首詠玉川的詩，同時該詩的序言中曾提及，玉川的上游有很多毒蟲，因此玉川的水有毒，不能喝。事實上，該詩的序言並不是弘法大師寫的，再不然，就是後人誤解原意，且又誤傳下去。試想，弘法大師的佛法能及於土、石、草木，為何獨不能及於水呢？那首詩的真正意思，該是：名為『玉川』的河，任何一個國家都有，『玉』是形容河水之清澈，用來讚美河水的，並不是專指流經本山的玉川而言。很多遊客被其他的事物吸引到這兒來，反而忘了掬清澈的玉川之水，絕對不是說玉川的水有毒，這是後人誤傳的。」

貌似將軍者及全部武士聽了紹巴的回答，都佩服得五體投地。

突然，祠堂的後面又傳來「普婆！普婆！」的鳥鳴聲。

貌似將軍者聽了，極為興奮地說：

「哎，佛法僧又叫了，在我們舉行宴會時叫，叫得正是時候。喂！紹巴！你用鳥鳴為主題，吟一首俳句（日本詩體的一種）吧！」

「我的俳句，殿下想必早已聽厭了，正好現在有一位旅行的人在此地念經，不如請他作俳句吧！」

「好！快命令他作！」

貌似將軍者高興地下命令。

一位年輕的武士立刻跑來叫夢然：

「殿下命令你去，快去！」

夢然誠惶誠恐地膝行到貌似將軍者的前面，紹巴對著他說：

「請你作一首俳句，呈獻給殿下。」

「太匆促了，沒法找到靈感，叫我如何落筆呢？請原諒我吧！大師或在座的任何一位都作得比我好！」夢然哀求道。

紹巴嚴肅地說：

「殿下是關白秀次公，在座的都是秀次公的大臣，全是有地位的人！」

「啊！這些都是歷史上的人物了，全是幽靈！」夢然心想，嚇得直打哆嗦，寒毛根根豎立，心在噗咚噗咚跳。

但是紹巴仍舊逼他快點做俳句，夢然顫抖地取出懷中筆硯，由於手不聽指揮，寫的字歪七扭八，寫完後呈給秀次將軍。秀次將軍瞅了一眼，覺得不好，便自己提筆作了一首俳句，命令紹巴朗誦給群臣聽，大家聽完，齊聲讚美。

秀次將軍覺得很滿意，便舉杯暢飲。

突然，有一位名叫「淡路」的家臣變了臉色說：

「殿下，又到了戰鬥的時候了，鬼神們已經朝向我來攻打了，快點準備！」

大家聽了，臉色立刻氣得通紅。

「哼！又是石田、增田這群小子，今夜我要給他們苦頭吃！」

想當年，豐臣秀次與養父豐臣秀吉不睦時，被幽禁在高野山，就由石田三成及增田長盛兩人負責監視，秀次竟以二十八歲的壯年抑鬱謝世。

秀次將軍的幽靈望著夢然父子，對一位名叫「木村」的家臣說：

「喂，這兩個無聊的傢伙，看見了我們，把他們一起帶走吧！」

一位年長的武士走近秀次將軍的跟前頻頻勸阻道：

「不行，這兩人尚有生命，不能如此亂來！」

夢然和作之治父子倆，當時尚極清醒，突然失去知覺倒下，就這樣好像死了一樣。

第二天天方破曉，冰冷的露水沾濕了他們倆的皮膚，這才甦醒過來。嚇得無以名狀，立刻飛奔下山。

到了京都之後一連吃了很多天的藥，才漸漸養好身體。

以上的故事，是夢然父子告訴京都的親友，由他們記載下來的。

註釋

❶德川幕府：又稱「江户幕府」，指德川家康於慶長八年（西曆一六〇三年）開府江户起，至十五代將軍德川慶喜於慶應三年（西曆一八六七年）大政奉還為止的二六五年。

❷豐臣秀吉：生於一五三六年，卒於一五九八年，日本戰國安土桃山時代之武將，尾張國中村人，木下彌右衛門之子，幼名日吉丸，初名木下藤吉郎。十五歲時當松下元綱的僕人，以後在織田信長麾下效命，取名羽柴秀吉。本能寺之變後，滅明智光秀，平定四國、北國、九州、關東、奥羽等地，統一日本。一五八五年拜任關白之職，翌年賜姓豐臣，任太政大臣，一五九一年將關白一職讓予養子秀次，稱太閤。野心勃勃，欲征服明朝，遂有文祿、慶長之役，未果病歿。

❸豐臣秀次：生於一五六八年，卒於一五九五年，安土桃山時代之武將，三好一

路之子，母為豐臣秀吉之姐，一五九一年豐臣秀吉收秀次為養子，遂繼任關白之職。但秀吉之子秀賴出生後，秀吉與秀次即生不睦，秀次被幽禁於高野山，旋命自殺。

多情蛇女

已經記不清是那一個時代了，在紀國三輪崎（即現在的和歌山縣新宮市三輪崎）有一個人名叫「大宅竹助」。當地的漁民都由他管理，他供應捕魚的用具，漁民捕到魚之後，全部交給他統一販賣，因此他這一家族過著豐衣足食的生活。

他育有兩男一女，老大忠厚老實，在家勤奮工作，第二個是女兒，已經出嫁，住在大和（現在的奈良縣），最小的一個名叫「豐雄」，由於最受疼愛，不事生產，成天在外遊蕩，風流成性，愛慕京都裡的奢侈生活。父親竹助，頗為豐雄的前途擔憂，心想：

「像豐雄這樣的性格，就算把財產分給他，要不了多久就會花光的，只有增加他哥嫂的麻煩，不如乘他年輕時請一位家庭老師教他念書，或者送他到和尚那兒去求學，如此將來或可自力，不至於求他人接濟。」

因此就送豐雄到新宮神社的祭主（名叫「安部弓麻呂」）那兒去讀書。每天都去。

九月下旬的一天，原先天氣晴朗，海上波平如鏡，但突然烏雲密佈，不久竟滴滴答答地下起雨來了。

豐雄向老師──安部弓麻呂借了一把傘回家，歸途中望到阿須賀神社的本殿時，突然大雨滂沱，只好到附近的漁民家去躲雨。屋主──一位老翁出來慇懃地招呼道：

「啊，是少爺來了，請裡面坐！」

一面說，一面捧出坐墊。

「甭客氣，暫時躲一躲雨，雨一停就走，不必麻煩您！」

豐雄剛坐下休息，突然從門外傳來悅耳的女人聲音：

「對不起，借屋簷下躲雨可好？」

豐雄情不自禁探頭向外張望，啊，是一位絕色美人，臉龐像白玉雕刻的一樣，烏黑的長髮，蘊藏著無盡的魅力，身上穿的衣服也是貴族女子所用的上等布料剪裁的。身邊站著一位年輕貌美的侍女，雙手還捧著一包東西。兩人都淋成落湯雞一般。

豐雄一看見這位如天仙般的美女，臉就紅了，他很同情她們被雨淋濕。

「我還沒聽說過在附近有這樣丰姿綽約的美人，如果是從遠地到此地來旅行，也應該有男子陪同才對……？」豐雄邊想邊出來招呼：

「請兩位到裡面來坐！因為下雨，所以房子裡很暗。」

兩位女子道聲謝，就大大方方進來了，三人並肩坐著躲雨。

那位女子，越近看，越覺得美，美得幾乎不敢令人相信是凡界的人！豐雄被她的美色懾住了，心在忐忑地跳。

豐雄找話說：

「妳是那兒來的？看妳如此高貴的裝束，像是從京都來的，可是這兒是荒涼的海邊，到這兒來有什麼意思呢？

這兒以前流行一首詩：

前程茫茫煙雨中，渡口無人舟自橫；

三生有幸逢佳麗，結伴坐待雨天晴。

今天的情形，恰如這首詩所描寫的一樣。

這兒雖然骯髒，但是是我朋友的家，所以不必拘謹，放心等雨小了再走吧！」

談笑間，不知不覺，雨勢已經弱了，豐雄對這位美艷的女子說：

「我本來應該親自送妳到附近的客棧去，但是怕會失禮，不過請把我從老師那兒借來的傘拿去用！」

「謝謝你這樣親切地照顧我，我不是從京都來旅行的，而是很早以前就住在這附近的。今天本來天氣很好，特地到那智神社去參拜，歸途中豈料竟遇到傾盆大雨，不得已，只好冒然進來躲雨。我家離這兒不算太遠，趁雨小的時候，我要告辭了……」這位美艷的女子說著，就想起身出去時。

「雨還沒完全停，請把傘拿去吧！等以後有空的時候，我到府上去取回。這樣就走了？也不留下芳名及尊址？」豐雄說著，不管對方願不願意，硬把雨傘塞給她。

「你到新宮去問：『縣真女兒的家在那兒？』就會有人告訴你我的家。」這位美艷的女子說：「啊，時候不早，已經快天黑了，我們要走了，謝謝你的雨傘。」

這位美艷的女子說完便撐開雨傘和侍女一塊兒出門去了，豐雄目送她們的背影消失在煙雨濛濛之中，良久良久才若有所失地向老翁借一套蓑衣穿回家去。

豐雄回到家之後，一直在想念那位美艷的女子——「真女兒」，因此整夜輾轉反側未能入睡，到了天快亮的時候竟昏昏沈沈作起夢來了。

夢見自己到真女兒家去拜訪她。

只見雕梁畫棟、珠簾半捲、庭院深廣，一看就知道是達官貴人住的宅第。

豐雄正呆立在大門口猶豫著不敢進去的時候，真女兒竟親自出來迎接道：

「你對我那樣慇懃，叫我怎能忘懷？我時時期待著你來，你終於來了，我真高興……請跟我進來！」

豐雄進到屋內，只見桌上擺滿了山珍海味，兩人便坐下來開懷暢飲。夜深了便依偎在一起，情話綿綿。正在纏綿情熱的時候，卻被外面漁民出海捕魚的嘈雜聲所驚醒。

豐雄心想：「如果不是夢而是事實，那多好！」

早晨起來，心情怎麼樣也無法平靜下來，早飯也沒吃，就出門去找真女兒的家去了。

豐雄到了新宮村，逢人便問「真女兒」住在哪兒，竟沒有人知道。跑得滿頭大汗，已經過了中午，依舊沒問出線索來，正覺得有點奇怪之際，昨天遇到的真女兒的侍女迎面走過來。

「請問真女兒小姐的家在那兒？我要去拿回昨天借給她的傘。」豐雄問。

「這才算問對了人，來，我帶你去！」侍女微笑著說，便走在前面領路，還沒走幾步，侍女回頭說：

「囉！就在這兒！」

豐雄抬頭一看，不禁嚇了一跳，朱紅的大門及半捲的窗簾，竟和夢中所見的一模一樣！

侍女走在前面，提高聲調說：

「我領昨天借傘給我們的先生來了！」

「啊！歡迎光臨！」真女兒聞聲自房內快步走出來迎接。

豐雄內心是很想早點見到真女兒，因此連早飯都沒吃，就出來找她了，但是卻不便赤裸裸說出真心話，只得掩飾道：

「我有一位老師也住在這個村莊裡，他教過我好幾年的書，我今天要去拜訪老師，順便來拿回雨傘，改天再來拜訪妳。」說完正準備回頭走出大門。真女兒竟大呼：

「麻呂妹！別讓客人出去！」

被呼為「麻呂妹」的侍女，立刻張開雙臂擋住豐雄的去路。

「昨天，承蒙您借雨傘給我們；今天，理應表示一點謝意，因此要挽留您。」麻呂妹邊說邊捧出坐墊，強令豐雄坐下。

真女兒在豐雄的對面坐下，幽幽說道：

「丈夫已經去世了，只好由我來親自招待。」

麻呂妹在一旁斟酒，豐雄便和真女兒兩人在和樂的氣氛下頻頻舉杯勸飲。

豐雄心想：「這個場面和昨夜的夢境不是完全一樣嗎？這回可是事實了，但是……」他反而驚訝得有點心慌起來了。

他們倆喝得微有醉意的時候，麻呂妹很知趣地藉故離席。

此時只剩下他們兩人，真女兒因為喝了幾杯酒，雙頰緋紅，益發顯得嬌艷迷人。她挨近豐雄，如黃鶯出谷般的柔聲說：

「我本來是出生在京都的，不幸在幼年時，父母便雙雙去世了，由奶娘扶養我長大。三年前，本村有一位姓縣的低級官員娶我為妻，因此就住到這兒來了，但是去年春天，丈夫突然一病不起，拋下我孤零零的一個弱女子。回到京都去找奶娘，已人去樓空，鄰居說奶娘在我出嫁不久，就削髮為尼了，現已不知雲遊何處，在故鄉（京都）舉目無親，只好又流浪他鄉了。你一定會憐憫我吧？

昨天因為躲雨而幸運地遇到你，承蒙你那麼親切地照顧我，我認為你是誠心誠意地愛護我，所以我很受感動，願意從今以後伺候你，我這寂寞一生也可有個寄托，不知意下如何？

我是一番真情真意，請你不要把我想成是下流的女人。

我們先行訂婚好嗎？」

豐雄聽到真女兒提出想和他結婚的要求，高興得不禁手舞足蹈起來，因為和她結婚，正是他夢寐以求的。

但是這個喜訊來得太突然了，父親及哥哥大概不會同意吧？想到這兒，不免有點掃興，因此猶豫了片刻，然後說：

「在初見妳時，我就以為妳是從京都來的高貴女子，果然不錯。如此美艷、高貴的妳，竟願意下嫁給我這樣一個鄉下佬，我連作夢都不敢有這樣的非份之想，怎會不感到喜出望外呢？可是婚姻是一件大事，我豈能不先回去稟告父親一聲，而自作主張呢？

況且，我不事生產，完全由父親及家兄辛勤工作來扶養我，我身無分文，日後生活如何維持？嫁給我只要妳不會後悔，我是一萬個願意的，但請妳暫時先忍耐一下，我要回去和父、兄商量商量……」

「能夠聽到郎君的一番真心話，沒有比這更令人興奮的了，先夫曾留下一個寶物，我把它送給你，作為我倆相守終身的信物！」真女兒說，便進入臥房取出一把鑲有金銀的大刀，看起來像是很久以前的古物。

豐雄心想，初發誓時的信物，如果不接受的話，是不吉利的，因此就收下了。

「今夜，就住宿在舍下吧！」真女兒屢次挽留。

「不行，家父從來不准我在外住宿，沒得允許而不回家睡，會被責罵的。明天我再來好了。」

豐雄依依惜別了真女兒，回到家依舊不停地在思念真女兒，這一夜，他又失眠了。

＊＊＊

第二天清晨。

長子太郎為了要指揮漁民去捕魚，所以很早就起床了。經過豐雄的臥室，還沒見他起床，便自門縫向內張望一下，竟發現房內有把閃閃發光的大刀！

「啊！奇怪，那樣的東西，豐雄怎麼弄到手的？」太郎大感驚奇，便急促地用力敲門。

門是虛掩著的，稍微一用力，便把門推開了，豐雄被驚醒過來，抬頭一看是哥哥，便問：

「是叫我嗎？」

太郎指著放在枕頭邊的那把大刀，高聲嚷道：

「那把大刀一定很貴，何必花那麼多錢去買，這麼貴的東西怎麼適合放在捕魚人的家裡？假使被爸爸知道了，豈不又要生氣？」

「這不是花錢買的，是昨天，有一個人送給我的。」豐雄解釋道。

「這把大刀，一看就知道是寶物，附近的窮漁民家裡會有嗎？你以前花很多錢去買中國的古書，因為爸爸沒罵你，所以我就不便說什麼……你打算在有神社有慶典的日子，佩大刀出去炫耀嗎？我看你瘋了！」

父親聽到太郎責罵豐雄的聲音，便問：

「沒出息的豐雄呀！你又買什麼貴東西了？太郎！叫他過來！」

「爸爸！他不知道那兒買來一把將軍用的大刀。」太郎向豐雄說：「爸爸叫你過去！我要出去集合漁民去捕魚了，沒時間和你談了！」說著便氣沖沖地出門去了。

母親告誡豐雄說：

「買那麼貴的東西做什麼用呢？你不想想看，你所吃的、穿的、用的，那一樣不是你哥哥用勞力賺來得？如果哥哥討厭你，你住到那兒去呢？你是個讀書的人，連這點道理都不懂嗎？」

「媽！這把大刀的確是別人送的，不是買的，哥哥沒有弄清楚，就罵我……」豐雄無論如何辨解，父母都不相信。

「真是天下奇聞，像你這樣不成器的人，竟然有人送如此貴重的東西給你？你不妨告訴我別人為什麼送你？」父親問。

「送的人叫我保密，不要告訴別人，尤其是在此地更不方便講。」

「爸媽及哥哥這樣親近的人都不能告訴，那你要告訴誰呢？」父親發怒道。

在一旁的嫂嫂說：

「可以告訴我吧？來！到我房間來告訴我！」

豐雄跟隨嫂嫂進入房間之後，才把昨天和真女兒私下盟訂終身的事情說了出來，那把大刀就是真女兒送的，作為信物，並說：

「我到現在還不能獨立謀生，如果竟談論婚姻大事，恐怕爸媽及哥哥是不會同意的，所以想找適當的機會再和他們商量，沒想到卻被哥哥先發現大刀而罵了我一頓。我現在真後悔和她私下訂了婚。」

「說那裡話來？男大當婚，女大當嫁，這是天經地義的事，你如果打一輩子光棍，我倒要為你憂愁了；這樣子吧，我負責為你跟哥哥說，我想你哥哥會同意你的婚事，爸媽也不會反對的。」

當天晚上，嫂嫂便把豐雄的事情向丈夫透露了。

太郎聽完後，很覺詫異地說：

「咦！奇怪！本地沒有聽說有姓『縣』的官，本村中地位最高的是『庄屋』（相當於現在的村長），他早已去世了……先把大刀拿來看看吧！」

嫂嫂立刻把大刀拿來給太郎看。

太郎仔細地端詳了好久，然後長嘆了一聲：

「這件事情多可怕啊！最近京都有幾位大臣向神佛奉獻了很多寶物，存在神社的倉庫內，但突然全部不翼而飛了，祭主向地方首長報告此事。地方首長為了逮捕竊盜寶物的歹徒，特地兩次派遣官員來找祭主，這把大刀看來不是低級官員所有的東西，趕快拿去給爸爸看看吧！」

太郎把弟弟的艷遇向父親陳述了一遍，並呈上大刀。

「啊呀！作夢都想不到，怎會發生這樣的事呢？」父親氣急敗壞地說：「豐雄這個孩子在小的時候從來沒有偷竊的習慣，現在竟然會……？萬一這件事被外人知道了，向官廳告密，我們這一家人還有臉見人嗎？唉！為了祖先、為了後代子孫，犧牲他一個不足為惜！太郎！千萬不要洩漏給鄰居知道這件丟臉的事！」

太郎坐到天明，立刻帶著大刀去見祭主，並說明，懷疑是弟弟偷來的。

祭主看到大刀，的確嚇了一跳，說：

「這就是那位大臣奉獻的！一點也不會錯！」

在一旁的侍從也插嘴說：

「還有很多寶物也被竊了，想來都是他偷的，快派人去抓他！」

祭主便派了十幾個士兵去抓豐雄，由太郎當嚮導。不知情的豐雄正在書房裡念書，突然十幾個士兵蜂擁而入，揪住豐雄，豐雄驚慌地問：

「我犯了什麼罪？你們來抓我？」

士兵們根本不理會豐雄的問話，縛的縛、綑的綑，一瞬間，豐雄已經動彈不得了。

爸媽及哥嫂目睹豐雄被士兵綑縛的慘狀，也突然覺得這麼做，太不近人情了，但是事到如此，也沒辦法可想了。

士兵們把豐雄縛綑好了之後，喝道：

「我們要把你帶到衙門去！走！快走！」

豐雄被十幾個士兵圍在中間，前呼後擁地到了衙門，審判官瞪著豐雄說：

「你竊盜了別人奉獻給神的寶物，本村有史以來，還沒有人犯過如此重的罪，除了大刀以外，其他的寶物藏到那兒去了？快老實招供！」

豐雄這才知道被抓的原因，滿肚子委屈，流著淚說：

「我對天發誓，這把大刀不是偷來的！是一位姓縣的寡婦送給我的！不信，可抓她來問。」

審判官聽了，更加發怒道：

「你簡直在胡說八道，這附近根本沒有姓縣的人，還敢說謊，你的罪就更重了！」

「被帶進衙門來的人還敢說謊嗎？無論如何請把那個女人抓來問問看！」豐雄哀求道。

「好吧！」審判官對立於兩旁的士兵下命令道：

「你們跟隨他到真女兒家去，把她抓來！」

豐雄領著士兵到了昨天來的地方一看，不禁嚇了一跳，那扇大紅漆朱門，已經腐朽得幾乎辨認不來是大門了，屋頂上的瓦幾乎一片都沒有了，庭院裡雜草叢生，根本不像是有人住的樣子。

士兵們趕緊把住宅附近的鄰舍全部集中來問：

「據說一位姓縣的低級官員的公館就是這家，是真的嗎？」

人群中有一位已經退休了的官員說：

「從來沒有聽說有姓縣的官員住在這兒；三年前，住在這兒是一家很富有的人，僕人衆多，據說這家的主人乘船出海作生意，不幸遇到大風浪，就此下落不明了，留在此地的妻子兒女、僕人等都紛紛離散，庭園遂荒廢了。

我們這兒的一位泥水匠說，昨天看到他（指著豐雄）獨自一人進入這家破房子裡去，以後發生了什麼事情，我們就不知道了。」

士兵們聽了，都半信半疑，有一位領隊的軍曹說：

「不管如何，我們還是進去詳細清查一下，也好對上級有個明白的交代。」

那位軍曹便領頭進入庭園，士兵們及鄰人也都跟著進去，庭園中有假山、有水池，但水池裡的水早已乾涸，全都長滿了雜草，有好幾棵大松樹被風刮倒在地上。

軍曹推開搖搖欲墜、腐朽的房門，一陣帶血腥味的寒風自裡面颼的一聲吹出來，大家不約而同地嚇得倒退了幾步，豐雄更是感到驚恐與悲傷，默默無言雜在人群中。

房子荒廢的情況，遠非想像所能及，灰塵、蛛網密佈在家具及各個角落上。大家正畏縮得不敢進去的時候，有一位膽大的士兵名叫「巨勢熊檮」者拍拍胸脯說：

「大家跟在我後面進去！」

大家提心吊膽地跟在熊檮後面進入房內，滿地全是老鼠糞便及令人作嘔的霉味……

赫然發現有一位花般嬌美的女子端坐在地上！

熊檮向那位美女說：

「官廳下令逮捕妳，快跟我們走！」

那美女不回答，端坐在原位。

熊檮便向她逼近，正要伸手捉她的時候，突然一聲巨響，宛如地層斷裂一樣，大家來不及奪門而出，便全部被震倒在地上了。

僅僅一瞬間，四周一看，那位美女就已經消失得無影無跡了。唯有在地板上留下一堆閃閃發光的東西，原來是奉獻給神、失竊已久的各種各樣的寶物。

士兵們把遺留在地板上的寶物全部收藏起來攜回官廳，並詳細報告所發生的奇怪事情。

官廳裡的全體官員都認為一定是鬼怪在作祟，因此對豐雄的態度比以前溫和多了，但是並不赦免他的竊盜罪，結果被關入監牢內。家人只好賄賂官吏，大約關了三個多月，才釋放。

豐雄回到家，對父、兄說：

「坐過牢之後，仍然住在家鄉，很覺得沒有臉見人，我想暫時搬到大和的姊姊那兒去住。」

「這樣也好，以免你憂鬱成疾，就去住一段時間吧！」父親極表同情地說。

第二天一早，豐雄便帶幾個僕人向大和出發。

＊＊＊

姐姐住在石榴市（即現在的奈良縣磯城郡三輪町），姐夫名叫「田邊金忠」。兩人知道豐雄的遭遇之後，深表同情，並歡迎他長久住在這兒。

豐雄在姐夫家過得很愉快，不知不覺已到了第二年的二月了。

初瀨（在奈良縣櫻井市）有一座很有名的長谷寺，該地離石榴市很近。每到春季，從京都及其他地方來進香的善男信女大多先到石榴市來投宿，第二天再結伴到長谷寺去進香膜拜。

田邊金忠經營雜貨鋪，每年此時便改賣明燈（供在神佛前的燈）用的燈芯，這是應景的熱門貨，所以生意很好，進進出出的客人極多。

一天，在鬧哄哄的人群中有一位京都打扮的美麗女子，身旁跟著一位侍女，那位侍女無意中望見豐雄，突然脫口驚叫起來：

「啊！豐雄竟在這兒！」

豐雄聞聲，轉過頭來一看，嚇得魂不附體，原來她們就是真女兒及麻呂妹！

豐雄大叫一聲：「有鬼！」便拼命朝屋內跑。

田邊夫婦詫異地問道：

「鬼在那兒？」

「那裡！那裡！啊……進……來……了！別靠近她們……」豐雄結結巴巴地說。

買燈芯的客人們驚訝地問：

「鬼在那兒？鬼在那兒？」頓時亂成一團。

真女兒從容不迫地進到店裡來，對大家說：

「各位請別害怕！」接著又對豐雄說：「我的丈夫啊！您也不必害怕，唉！想不到我的一片痴情，卻害您坐牢了……我找您的下落，找得好苦喲！現在終於在此地重逢了，真叫人高興！

這家店的老闆，請聽說我說，我如果真的是鬼的話，豈敢在大白天出現？況且還有這麼多人在場！不信，請看！我站在太陽下面，也有影子；我穿的衣服，也是一針一線縫製的，不必再懷疑我是鬼了吧？」

豐雄聽完真女兒的解釋之後，雖然沒有先前那麼害怕了，但是仍舊有點懷疑，便說：

「無論妳怎麼解釋，我也不敢相信妳是……那次我親眼看到：士兵正要抓妳的時候，突然一聲青天霹靂，而同時妳竟一瞬間就不見了，這還不足已說明你是……嗎？我與妳既冤又無仇，何苦一直追到這兒來呢？快快離開吧！」

真女兒哭哭啼啼地說：

「不管您怎麼想，仍然請你再聽我說下去：

當天我聽說您因為我而被捉進牢裡去時，心裡是多麼焦急喲！如何才能救您出來呢？我便把住在附近的一位好友請來，在很短的時間內，立刻把住宅弄成那樣荒廢的樣子，他們要抓我時，突然響起雷聲，這是麻呂妹所想出的策略……以後，我帶著麻呂妹雇船逃向難波（即現在的大阪一帶），希望總有一天會與你重逢，準備明天到長谷寺去向觀音菩薩祈禱，豈料竟在這兒遇見你。您想想看，一個女人家怎麼能夠到有那麼多看守的神社裡去竊盜寶物？那些寶物，全是先夫生前起了壞心去偷來的。

我說的，全是真話，您該明白了吧！我的一顆真心，想不到竟……」

真女兒又哭成淚人兒了。

豐雄雖然還是懷疑，但是看她那副楚楚可憐的樣子，豈忍心再責備下去？

田邊夫婦覺得真女兒倒是一位溫柔賢淑的女子，同時覺得她所說的話句句合情合理。

「起先聽豐雄說，確實令人寒毛豎立，還真的以為鬼來了哩！但是仔細想一想，現在這個世界裡怎會有鬼呢？」田邊金忠說到這兒轉頭對豐雄說：

「豐雄呀！別人涉水越嶺來找你，你還說別人是鬼！這成什麼話呀？不管如何，我歡迎她住在我家！」

真女兒及麻呂妹便住在田邊金忠的家裡了。

真女兒對姐姐、姐夫非常尊敬，一切家事無不搶來做，對人又親切有禮，因此田邊夫婦都很喜歡她，所以在一旁極力勸豐雄早日和真女兒結婚，豈可錯過良緣？

豐雄其實也愛真女兒愛得不得了，如此男歡女愛，一拍即合。婚後依舊住在姐姐、姐夫家，夫唱婦隨，生活當然極為美滿幸福。

很快又到了三月賞花的季節。

田邊金忠夫婦邀請豐雄夫婦一塊兒去賞花道：

「吉野的景色到了春天格外迷人，不但紀州路的景色遠不如吉野，連京都一帶都比不上吉野呢！吉野的三船山、菜摘川，一年四季無論什麼時候去，都適合，尤其是春天去更佳，喂！我們一起去吧！」

「是呀！連萬葉集中都有描寫吉野景色迷人的詩，京都人如果沒去過吉野，都會覺得遺憾的！」真女兒微笑著說，但是接著竟皺皺眉婉拒道：

「可是，我自幼體弱多病，不愛到人多的地方去湊熱鬧，長途跋涉、登山，都會覺得吃不消，因此我還是不去的好。你們去吧，但別忘了回來時，帶些紀念品給我！」

田邊夫婦覺得很遺憾說：

「既然身體弱，不便多走路，那我們雇馬車去好了，儘量少走路，這樣可以吧？妳想想看，如果妳留在家不去，豐雄會放心嗎？」

豐雄也在一旁催促她去道：

「到吉野去算得了什麼？就算妳不支倒地，由我負責揹妳去，還是大夥兒一起去吧！」

真女兒再也找不出理由不去，只好勉強一起到吉野賞花去。

大家都穿上新衣高高興興的出發了。賞花的仕女個個都打扮得花枝招展，但是卻沒有一個人比得上真女兒的嬌美。

到了吉野山，金忠領大家到一所寺廟去歇歇腳，因為這所寺廟裡的和尚是他認識的。

和尚出來迎接大家道：

「歡迎各位來玩，但是今年的春天似乎來得稍微遲了一點，櫻花才半開、黃鶯的歌唱聲離這兒尚遠咧，我看，不如等到明天，再引導各位去賞花吧！」

這天晚餐，便由和尚招待大家吃山村風味的菜飯。

第二天天還沒大亮，大家就已迫不及待地起床了，梳洗完畢，站在陽台上向山谷眺望，像一層薄紗似的輕霧正飄浮在山谷上，山鳥此起彼落地在林中鳴唱。沒過多久，旭日在山巔露出半邊臉，頓時金光萬道，山谷內的薄霧很快就被驅散了，山中的景物瞬即清晰地呈現眼簾。翠綠的草地及樹林都被灑遍了紅、白、紫、黃各色各樣的野花，彎彎曲曲的山路好像衣帶一般繫在山腰上，三三兩兩的小和尚絡繹於途，在忙著汲水。

大家正在心情愉快地欣賞山中景色的時候，那位田邊金忠認識的和尚來了，笑著對大家說：

「從來沒見過瀑布的人，去看看瀑布，一定覺得很有意思。我來領各位去觀賞吧！」說完，便走在前面帶路，大家魚貫地跟在和尚後面，沿著崎嶇的羊腸小山道，向山麓走。走了大約半小時，便可清晰聽到，瀑布沖擊岩石的聲音，再沿山路拐幾個彎，銀練似的瀑布便映入眼簾了。瀑布沖下來的水匯成小溪的上源，溪中有很多活潑的小鮎逆流向上游，非常好看。

瀑布的正下方，是一泓清澈的水池，田邊及豐雄夫婦、麻呂妹所站的地方離水池約有十餘公尺高，而且地勢很陡，放眼下望，水池好像就在腳下。

此時有一個人行動敏捷地自水池邊的岩石向上爬，大家好奇地向那個人看，原來是一個老人，眉毛及鬍鬚全白了。看的人無不露出驚羨的神色，唯有真女兒及麻呂妹兩人背過臉去，假裝沒有看見的樣子。老人一會兒就走到真女兒及麻呂妹的跟前來，凝視他們兩人，喃喃自語：

「愚蠢的妖神何必欺騙人呢？在我的面前能夠瞞得過嗎？」

真女兒及麻呂妹一聽到此話，立刻縱身跳入水池，一時水花四濺，直衝雲霄，待兩人一消失不見，天空立刻就佈滿了潑墨似的烏雲，接著便下起傾盆大雨。

田邊夫婦、豐雄及很多遊客們目睹此情，無不被嚇得不知如何是好，老人叫大家不必害怕，同時使大家安靜下來，領著大家到山下一個小村落去躲雨。

那位老人望了一會兒豐雄的臉，對他說：

「從你的氣色看，可以看出有邪神糾纏住你，你的運氣不錯，假使沒遇到我，你的命恐怕就保不住了。」

豐雄聽罷，趕緊向老人叩拜，把以前結識真女兒的全部經過說了出來，並央求老人設法替他驅逐妖魔。

「果然如我所料，真女兒原來是條老蛇精，以後變化成女人，如果你再被她纏下去，就不久於人世了！」

大家聽老人這樣說，都嚇得心驚膽顫，同時非常敬佩他。

「您一定是神！」豐雄雙掌合十，向老人膜拜。

「不是的！」老人微笑道：

「我不過是在大倭神社內充任『酒人』的工作而已，不必拜我。來，我引導各位回去吧！」

老人說著，領頭走，大家陸續跟在後面，安全地回到住宿的地方去了。

第二天一早，豐雄便帶了很豐盛的供品到大倭神社來央求昨天遇到的那位老人替他驅逐妖魔。

老人放好供品之後，對豐雄說：

「纏住你的妖魔是美艷迷人的蛇精，你必須戒除內心裡好色的欲念，否則是無法驅逐掉妖魔的，我們只能在一旁協助而已，逐魔須從內心著手！」

豐雄聽了老人的這番話，如醍醐灌頂，頓時清醒多了。

回到家後，豐雄向金忠說：

「積年累月以來，被蛇妖纏住，完全是由於我心不正的關係，實在咎由自取……想想自己遠離家鄉、對父母的孝心一點兒也沒盡，而且住在你們這兒，又替你們帶來很多麻煩，真是慚愧得很，我想還是回家鄉去算了，謝謝你們親切的招待！」

就這樣辭別了田邊夫婦，回家鄉紀國去了。

＊　＊　＊

父母及兄嫂聽說豐雄在吉野賞花時所發生的事情之後，深深覺得真女兒如此緊跟著不放，這樣的毅力實在可怕，同時也明白豐雄並不是壞孩子，轉而哀憐他起來了。

嫂嫂說：

「我想，如果早日替豐雄物色一位好妻子，真女兒就該不會再來糾纏他了吧！」

大家都認為言之有理，便開始找人作媒。四處物色的結果，獲悉駐在芝里（即現在的奈良縣磯城郡織田芝村）有一個名叫「庄司」的男子，正在為女兒富子選女婿。富子在京都的皇宮中任女官，專門侍候天皇的，最近休假在家。

由於媒人居間牽線，庄司對豐雄頗有好感，豐雄的父母當然更是求之不可得了。在雙方家長的同意下，兩人很快就結婚了。

富子既然被天皇選中任女官，其容貌之美，當然不問可知了，同時在宮中經過長時間的訓練及薰陶，因此言行舉止高雅端莊。豐雄能夠娶得富子為妻，當然高興得不得了，心裡充滿了說不盡的甜蜜。但是偶爾還會惦念起以前真女兒與他的一段恩愛纏綿之情。

新婚的第二天晚上，陪伴著富子回娘家去。

豐雄幾杯美酒下肚之後，心情倍覺舒暢，便半開玩笑地對富子說：

「以妳這樣高貴的宮中女官，下嫁給我這樣一個粗鄙的鄉下佬，妳大概會後悔吧？」

富子聽丈夫這樣一問，突然抬起頭來說：

「你竟然遺棄了我，而娶了這樣一個無聊的女人，後悔的是我喲！」

坐在對面的，明明是富子，但講話的聲調，竟完全變成了真女兒的！豐雄不禁大吃一驚，嚇得直打哆嗦，一句話都說不出來。

對方冷笑著說：

「你不必害怕，我們倆命中註定是分不開的，你雖然千方百計遠離我，可是我們又碰面了。

你竟然相信別人說的話，狠心遺棄我！我會對付我的仇人，紀州路的山無論怎麼高，我也要讓你的血自山巔順著山坡一直流到谷底！你要留意自己的生命！」

豐雄嚇得仍在哆嗦不停，心想這次定遭殺身之禍無疑，竟嚇得暈過去了。

此時從屏風後面傳來少女嬌滴滴的聲音：

「豐雄一直沒有忘記妳咧！你倆真有緣分呀！」

接著從屏風後面閃出麻呂妹的身影。

半夜，豐雄甦醒過來，但是仍然膽顫心寒，根本不敢睜開眼睛，也不敢動一動，好像死了一樣。

真女兒和麻呂妹輪流以聲色俱厲的言詞來威嚇、或以柔情萬種的媚態來蠱惑他，希望恢復舊日的情愛，但是豐雄仍然裝著像死人一樣，不予回答。

好不容易挨到第二天天亮，乘他們不在身邊的空隙，逃出房間，到岳父那兒去報告昨天晚上發生的可怕事情。

「怎麼辦？如何逃出蛇妖的糾纏呢？」豐雄輕聲地說，生怕真女兒在後面聽到。

庄司及妻子聽說，臉色都嚇成蒼白。

「如何是好呢？」

正在不知所措的時候，庄司想到了解決的辦法：

「對了！有一位京都鞍馬寺的和尚，從昨天起投宿在對面山上的寺廟內，聽說他是有名的法師，能捉拿鬼怪及替人治病，快去請他來吧！」

和尚很快就被請來了。

庄司把事情向和尚說清楚之後，和尚輕鬆地說：

「這種蛇妖最容易收拾了，不必害怕，看我的！」

大家才放心下來。

和尚手捧瓦甕，裡面裝的是雄黃及毒藥，很有自信地朝真女兒及麻呂妹待的房間走，旁觀者各個現出提心吊膽的表情。和尚一面笑大家膽小，一面說：

「老人、小孩都無須躲起來，站在這兒，沒關係，看我立刻把蛇妖捉到，裝進甕裡去！」

和尚大步前進。

和尚走進隔間的拉門，用勁拉開紙門，突然眼前一陣白光閃爍，但見龐大無比的蛇頭伸進門來，蛇身比白雪還白，兩眼像鏡子被陽光照射得反光一樣亮，頭的正中央有一個角，大得如同一顆枯樹……

和尚嚇得向後倒栽下去，四肢發軟，跌跌爬爬，好不容易才逃出屋外，用顫抖的聲音說：

「這已經不是蛇……妖了……，已經變成神了，我怎敢抓神呢？」

說完，就不省人事了，大夥兒七手八腳把他抬到床上，雙目圓睜，向天花板直視，已經不能動彈了，全身發高燒，像火一樣灼人，皮膚全部變成暗紅色，好像漆了一層暗紅色的油漆一樣——這是中了蛇妖的毒的結果。

小和尚忙著端冷水來，還來不及送上嘴邊就已嚥氣了。

大家目睹和尚的悲慘死狀，益發害怕蛇妖。

豐雄反而因此膽壯起來，他說：

「以前大倭神社有一位老人曾替我驅逐過蛇妖，在我有生之年，我一定要找到他。我不願意因為我而使無辜的人受害，我要親自去找她談判！」

「豐雄！你發瘋了嗎？」庄司家裡的人個個驚慌失措，正想攔阻他，但是他已經三步併成兩步衝進房內去了。

真女兒又變成了富子的模樣，和麻呂妹文靜地坐在桌子旁邊，看見豐雄進來，便柔聲地說：

「您為什麼這樣恨我？竟派和尚來捉我？下次再這樣，我可要殺害全村的人了！請您別離開我，只愛我一個人！」

豐雄打心底覺得噁心且惱怒，說：

「只要妳不傷害富子，到那兒，我都願意跟妳去！」

「好！」真女兒非常高興，連連點頭答應。

豐雄走出來，向岳父辭行說：

「為了救富子的命，同時不願連累大家，我已答應跟真女兒走了。」

庄司堅決反對，說：

「豈可向蛇妖屈服？我是武士的後代，你這樣做，有辱你及我的祖先！何不再想想對付蛇妖的辦法呢？」庄司沈思了片刻說：

「法海和尚的道行極高，他住在小松原的道成寺內，聽說由於年事已高，最近已不願意出外管事了，不過他和我是知交，覺不會坐視不救的，我去請他來！」

庄司立刻騎馬飛馳而去，抵達道成寺時已是夜半了，法海和尚早已入睡，庄司親自去把他喚醒，法海和尚心知一定有不尋常的事情發生了，否則不會這麼晚來。

聽完庄司的陳述之後，法海和尚說：

「我已經是老糊塗的人了，不知道祈禱還有沒有效力？但是我不能對你的不幸袖手不管。你先回去，我緊跟著就來。」

法海和尚取出用芥子薰過的袈裟，交給庄司，說：

「你先把這件袈裟帶回去，找機會將蛇妖騙到身邊來，立刻用袈裟自頭上把她罩住，然後使勁抱住，不能放鬆，以免被她溜掉，我在廟裡向佛祈禱，請佛賜予法力，捉拿蛇妖。」

庄司回到家，悄悄把豐雄喚到身邊來，告訴他使用袈裟的方法。

豐雄便把袈裟塞進衣服裡面，不動聲色地走進房間騙真女兒道：

「來！我們一起到岳父房間去向他辭行。」

真女兒不疑有他，竟高高興興地靠近豐雄的身邊，準備一起去辭行，此時，豐雄迅速自懷中抽出袈裟，火速自真女兒頭部起向下套，同時用盡最大的力氣把真女兒抱住不放。

真女兒哀求道：

「我快要被窒息死了，你怎麼這樣狠心呢？快放了我！」

豐雄不理睬真女兒在呼救，依然不斷使勁抱住。

此時法海和尚剛好乘轎子到了，嘴裡喃喃不絕在念經，快步進入房間，接過用袈裟蒙住的真女兒，然後令豐雄到屋外去。

法海和尚掀開袈裟，見富子昏厥倒臥在地上，在富子的背上盤繞著一條大白蛇，法海和尚伸手一把捉住蛇，小和尚遞過來一個鐵鉢，把蛇放進去。

法海和尚又繼續念經過了不久，有一條比較小的蛇自屏風後面爬了出來，法海和尚便把這條小蛇也抓起來放入鐵鉢中，然後用袈裟緊緊裹住，就乘轎子走了。大家目送著法海和尚離去，無不流出感激的眼淚。

法海和尚回到道成寺之後，立刻命令小和尚在堂前挖一個深坑，把鐵鉢埋下去，把土蓋好之後，對著蛇塚說：

「從今以後，不准再回到人世間來！」

從那次事件發生之後，富子便臥病不起，不久竟病死了。但是豐雄卻一直很健康地活到老死。

據說直到現在，蛇塚仍保存在道成寺內，供後人憑弔。

青頭巾

從前，有一位名叫「快庵禪師」的和尚，徒步往東北作修行旅行。

有一天，走到現今栃木縣境的富田村時，突然天黑了，只好找個地方投宿，計劃第二天再繼續旅行。

快庵禪師站在一家看似富翁的大門前，正準備提高嗓門問：「可否住宿一夜？」時，從田裡回來一個農夫，他剛想跨進門，猛抬頭看見快庵禪師，竟失聲大呼：

「山鬼來了！山鬼來了！大家快出來看啊！」

屋裡的人聽到外面喊山鬼來了，都嚇得高聲亂叫，女人及小孩都被嚇哭了，紛紛躲藏起來。

這家主人揮舞著一條大扁擔跑出來，看見門口立著一位揹著包袱，頭裹青頭巾的和尚。

「我是出外修行的和尚，可否在府上借住一宿？」快庵禪師問。

主人一聽原來是和尚，才放心拋掉扁擔，說：

「歡迎！歡迎！住兩宿都無所謂。」

主人便客客氣氣領和尚進到屋裡來。

晚餐過後，主人陪和尚聊天說：

「先前，我那個大男孩子回家時，錯把您誤認為山鬼，是有原因的……」

和尚極有興趣聽主人說明原因，主人繼續說：

「本村的山上有一座廟，原來是小山氏的，後來有一位老翁出家當和尚，住進廟裡，成為這座廟的住持，他以前時常到舍下來，因此我們之間很熟。

去年春天，他到越後國（現在的新潟縣）去了一百天左右，回來時，帶來一個十二、三歲的男孩。

那個小男孩長得很討人喜愛，和尚非常喜歡他，竟至於把拜佛、念經的正事都荒廢掉了。

今年四月中，那個小男孩突然得怪病，藥石罔效，不久便去世了。

和尚悲傷得不得了，捨不得把小孩埋葬，竟日夜伴同屍體而睡，並且把自己的手和小孩的手用繩子綑在一起！

不久，到處流傳：「和尚變成鬼了！吃那個小孩的屍體！」

儘管大家都信以為真，後來，那位和尚還是下得山來，親自挖掘墓穴，把小孩埋葬了。

上述的經過情形，在本村來說，已經成了家喻戶曉的老故事。

所以才把您誤認為是山鬼，請您不要介意。」

快庵禪師說：

「我雖然曾聽說中國發生過這樣的事情，不過仍然覺得很奇怪！」

第二天一早，快庵禪師便到主人所說的那座寺廟去看個究竟。

這座寺廟看起來相當古老，門前長滿了雜草，整座廟都有點傾斜，牆壁上全是綠苔，跨進門一看，到處結滿了蜘蛛網，荒廢得可怕。

快庵禪師向廟內提高聲調問：

「有人在嗎？有人在嗎？」

只聽到低沈、可怕的回聲，並沒有看到有人出來。

快庵禪師站了幾分鐘後，再一次提高聲調說：

「我是修行的人，希望在這兒借住一宿。」

又等了好一會兒，才從裏面蹣跚地走出來一位瘦骨嶙峋的老和尚。

「本來是應該歡迎你住宿的，但是這兒既無被褥可蓋，又無東西可吃……」

老和尚婉拒道。

快庵禪師並不以為忤，卻露出笑容說：

「我是從美濃國（即現今之岐阜縣）出發，向陸奧一帶去修行，經過位於山路的本村，這兒的山峰、溪流太美了，我沿著山路瀏覽景色，不知不覺走到這裡來，才發覺天快要黑了，下山去已經來不及了，無論如何，請給個方便？」

「本廟如你所看到的，已經荒廢不堪了，如果不介意的話，就請進裡面來歇歇腳。」

快庵禪師住進最裡面一間臥房，老和尚則住在自裡面算起第二間臥房，與快庵禪師僅一板之隔。天色很快就黑下來了，但是老和尚並沒有要點油燈的樣子，只好很早便上床了。

快庵禪師卻一刻也沒有閉上眼過，夜漸漸深了，一輪明月高掛天空，清白色的月光灑遍山野，令人覺得有一種說不出的淒涼之感。

大約在夜半的時候，老和尚突然匆忙地起床，慌慌張張地在廟內跑來跑去，並且大叫：

「我的光頭寶貝（指去世的小男孩）呀！快出來！快出來！你躲在那兒？」

老和尚一會兒跑到快庵禪師的臥房來東看西看，繼又跑到供佛的廳堂去，也是東看西看地在找人，然後再跑到院子裡去……如此周而復始地跑個不停，直到筋疲力盡倒在地上為止，竟又像喝醉了酒一樣鼾聲大作睡去。

第二天破曉時，老和尚從地上爬起來，揉著矇矓的睡眼，搖搖晃晃地走進快庵禪師的臥房，一眼看見快庵禪師還在，不覺驚訝道：

「你整晚都睡在這兒？」

「嗯！一點不錯，我整晚沒離開過這裏。」快庵禪師嚴肅地問：

「你昨天晚上為什麼哭叫？我坦白告訴你，這個村裡的老百姓都紛紛傳說：你因為失去了小男孩而竟變成了鬼！你怎麼會糊塗到這步田地？出家人理應六根清靜，豈能為小孩子而忘了拜佛誦經？」

「說來真是慚愧得無地自容！」老和尚羞赧地說：

「大師！您才是真正的修道者，我這顆迷亂的心，非要請您來指示迷津不可！」

快庵禪師便親切地和老和尚走到走廊附近的一塊大而平的石頭旁邊。快庵禪師把青頭巾鋪在大石頭上，兩人並肩坐下，老和尚靜聽快庵禪師講解禪理……

* * *

一年以後，快庵禪師在日本東北部地方修行旅行完畢歸來，經過富田村，特地來拜訪以前借宿過的那家富有人家。主人表示萬分歡迎，快庵禪師與主人經過簡短的客套之後，立刻詢問那位老和尚的近況如何？

主人回答說：

「自從一年前，大師離去之後，再沒有聽說有鬧鬼的事了，大家都安居樂業，又恢復了以往和平的村莊，但是本村卻沒有一個人不怕那個老和尚，一年來，沒有人敢上山到那個廟裡去，因此根本沒有他的消息。」

第二天，快庵禪師很早就起床，再一次登那座山。到了廟門前一看，比一年前更顯得荒廢不堪，幾乎只要用手輕輕一推，整座廟就會倒了一樣。

他走近一年以前和那位老和尚並肩坐著講禪的大石頭一看，竟赫然發現一個人端坐在繁茂的深草中，頭髮及鬍鬚長得非常長且亂，快庵禪師挨近仔細查看，那人卻發出像蚊子叫一樣的嗡嗡聲。

快庵禪師舉起手杖用力敲打一下那個人，說也奇怪，那人像冰塊遇到火一樣，立刻就溶化掉了，僅剩下一堆枯骨遺留在一年前快庵禪師所鋪在石頭上的青頭巾之上

以後，村民大夥兒自動上山把舊廟重新修建一新，並請快庵禪師擔任新廟的住持，負責廟務。

春雨物語

春雨物語

大盜樊噲

記不清是那一個時代的事了。

傳說在伯耆國（現今的鳥取縣境）的大山住了一位可怕的神，因此晚上根本沒有人敢上山，白天過了下午四點左右，大山寺的和尚便全部下山了，只剩下在寺內修行的和尚，整夜都不敢睡。

在大山的山麓，有一個村莊，每天晚上都有不務正業的地痞流氓聚賭、玩樂，往往通宵達旦。

有一天，因為陰雨，耘田除草的事只好停做，所以有不少農夫便夾雜在一群地痞流氓中參加賭博取樂，大家肆無忌憚地亂扯。其中有一個人名叫「大藏」的男子，遇事喜歡強詞奪理，且仗著他孔武有力，動輒出手打人，因此大家都討厭他。

有一個人為了作弄他，特地出了一個主意，對大藏說：

「你老哥常吹牛說膽子最大，現在你一個人敢不敢上山？同時要在山上作一個記號，表示你確實上去過了，如果不敢的話，就是膽小鬼，以後就請別再吹牛了！」

大藏不堪別人取笑，便拍拍胸脯說：

「這件事算得了什麼？我馬上上山，到山頂去作一個記號！」

立刻叫來酒、菜，喝了一頓飽，藉酒壯膽，在細雨霏霏中，披了一套蓑衣，便獨自上山去。

在場的一些長者，深深知道凶神的厲害，無不認為大藏一定會遭殃，但是他平時為人不好，因此並沒有勸阻他。

大藏健步如飛，天還沒有全黑，就已經爬到建在山腰的一座祠堂了，四周一看，太陽很快就落到地平線下去，立刻暮色四合，淒冷的風吹得柏樹、杉樹颯颯作響，覺得有幾分陰森可怖之感。

大藏獨自一人站在森林中，倒覺得有一點自鳴得意，心想：

「哼！這附近什麼鬼怪都沒有，一定是光頭和尚們編造的恐怖故事，來嚇唬村民的！」

天空烏雲散了，漸漸放晴了。

大藏把蓑衣丟掉，取出火石撞擊，點燃一支煙捲，悠然自得地抽起煙來。

夜色漸漸濃了。

「到深山裏的神社去吧！」大藏心裡這樣想，便往漆黑的樹林裏鑽，踏著沙沙作響的落葉，快步前進。

大約走了兩公里遠，心想：「應該做一個什麼記號，來證明我上山過？」

向四周掃視，突然發現前面有一個很大的賽錢箱（又叫「香資箱」，信徒捐錢的木箱），喃喃自語道：

「這個東西是最好的證據，不如就把這個東西扛下山去吧！」

大藏說完，就輕而易舉地扛起賽錢箱，轉身向下山的路走，心底正湧出勝利的喜悅時，突然發覺肩上的賽錢箱在搖晃，很快伸出手、腳，同時一把抓住大藏的衣領，就朝天上飛，大藏就好像是一隻小雞被老鷹抓上天空一樣。

「饒了我吧！救命呀！」

大藏拼命呼救，賽錢箱根本不予理會，依舊在空中颼颼地飛。

轉瞬間，就飛到了海上，洶湧澎湃的海濤聲貫入大藏的耳中。

「萬一在海上把我扔下，那怎麼辦呢？」大藏只有高舉雙手用力抱緊賽錢箱，生死惟有依賴它了。

好不容易挨到黎明，賽錢箱和大藏突然一起撲通一聲墜在地上。

大藏舉目四望，不知道是什麼地方的海濱，在這兒也有神社。

有一位頭髮花白的祭主提著早晨供神的物品，朝大藏走來，祭主一眼瞥見大藏，驚奇地問：

「你這個長相怪怪的人，我以前沒見過，你是從那兒來的？」

大藏老實地回答：

「我登伯耆國的大山，觸犯神明，我被賽錢箱從老遠的伯耆國扔到這兒的海邊來！」

「這倒是一件奇聞，你應該感謝神沒取你的命。這兒是隱岐國（現今島根縣的隱岐島），前面的神社，是西島燒火神社。」

大藏聽祭主這樣說之後，大驚失色道：

「我還有父母哩，請設法送我回到海岸的故鄉去吧！」

祭主先把大藏帶回自己的家裏審問詳情，隨即向地方官報案，地方官說：

「這傢伙雖然是遭到神的薄懲，被拋到我們這兒來，但是我們沒有權力處罰別國的人民！」

因此，當天就派船送大藏越海到對岸的出雲國，當時碰上順風，船在海上航行，簡直像在玻璃上滑行一樣，非常快。大藏坐在船上，還發牢騷說：

「船航行的速度若和昨天晚上賽錢箱的比，簡直是太慢了！」

在出雲國登岸之後，再步行七天，才進入伯耆國的國境，被地方官逮捕審問，審問的結果，雖然沒有大罪，不過還是打了五十大板，終於又平安無事地回到了大山山麓的村莊。

父母告誡大藏道：

「你這條命是神賜給你的，明天快到神社去謝恩，並且從今天起要洗心革面做個好人！」

自這件事情之後，大藏便和哥哥一樣，每天上山砍柴來賣，由於孔武有力，因此砍的柴比哥哥多，當然賺的錢也比哥哥多，深得父母及嫂嫂的讚賞。

但是到了這一年的歲暮，快要過年的時候，大藏又和以前不三不四的青年混在一起去了，漸漸又恢復了賭博的壞習慣，可是技術又欠佳，常常輸錢，賭徒催討得很緊。

大藏不得已，只好向母親撒謊道：

「新年到了，我和朋友約好要到山上去進香……」

便伸手向母親要錢。

「好！不過要早點回來，申時（下午四點）以後，就有危險喲！」

母親便打開櫃子拿錢。

「媽！多給一點嘛！」

「咦？上山去，要那麼多錢做什麼？這些足足有餘了。」母親只給大藏百文，正要關上櫃子蓋的時候，大藏瞥見罐子裡竟有二十貫的錢，因此只好老實說：

「媽！我在這幾天偶然賭博，竟輸了錢，朋友只要一見到我，就催討，實在苦惱透了。媽！求求妳，再多給我一點吧！我一定用砍柴、種田賺來的錢還妳，只要妳答應給我錢，我明天就上山去砍柴！」

母親目睹如此厚顏的兒子，終於生氣了：

「你竟如此不知悔改，又去賭博了，不怕再遭神罰嗎？地方官早已有公佈在先，雖然是新年期間也嚴禁賭博，你難道沒看見公告嗎？這些錢是你哥哥存進來的，沒得到哥哥的同意，誰都不准拿！」母親氣呼呼地說完，就要蓋上蓋子，此時大藏那粗暴的天性又發作了，立刻用一隻手按住母親，使她動彈不得：

「不准叫，以免把正在睡午覺的爸爸驚醒！」

一邊說，一邊用另外一隻手奪取櫃中的二十貫錢，重重地踩了母親一腳，奪門而出。

偏巧被嫂嫂撞見。

「你把錢拿到那裏去？那是哥哥數過的，少一文他都知道！」嫂嫂立刻大呼：

「爸爸！爸爸！快起來！大藏搶錢啦！」

爸爸聞聲趕來，大罵：

「畜生！竟敢搶錢？！這次可不原諒你了！」

說著便在院子裏順手拿起一根扁擔，唰唰幾聲狠狠地打在大藏的背上，但是大藏由於身體非常魁梧、結實，因此露出無所謂的神情，一面嘲笑、一面繼續向前跑。父親氣得沒辦法可想，只顧在後面加快腳步追，並且大喊：

「路人、鄰居，快來幫忙把這個不孝子抓住！」

剛好此時，哥哥自外歸來，迎面一把抱住大藏。

「你竟敢搶我的錢！」哥哥正想奪回錢，但是遠不是大藏的對手，大藏僅輕輕一出手，便把哥哥推得四腳朝天。

年老體衰的父親，仍不甘休，自後一把抱住大藏不放。

「你這樣大把年紀的人，已經活不了多久了，何必來找死？」大藏不顧父親老邁，竟使勁一推，把父親推落到路旁的水池裏去。

哥哥看到大藏如此失去人性，氣得在後面大叫：

「你怎麼可以對父親這樣無禮？」

大藏頭也不回，繼續向前跑。

哥哥趕緊把父親自水池中救起來，此時大藏已經跑得相當遠了。由於父親的脾氣暴烈，不聽親友的勸阻，濕衣服也不換，繼續拼命追大藏。

大藏向山上逃，前面有一座橋，正想跨上橋時，迎面衝來一個人，正是催討賭債的那個賭友，賭友看到大藏神色倉惶地在逃，便出手一把緊緊抓住大藏的衣襟，大藏使勁朝那人臉上狠揍一拳，並且用盡全身力氣踢他一腳，那人雖然也孔武有力，但是禁不起大藏那樣兇狠的拳腳交加，竟被應聲跌入溪中。正月裏的天氣奇寒，溪面都結了一層薄冰，掉入溪中，再結實的人，也凍得無法游泳。

大藏瞪著掉入溪中的賭友說：

「都是你每天逼我要錢，才會惹出這麼大的事！我不過是從家裏拿了錢出來而已，干你屁事，何必多管閒事？這是你自作自受！」

大藏一不做二不休，用腳把岸上的大石頭踢下溪去，正好落在正在溪中掙扎的那人頭上，他便連人帶大石頭一起沈入溪底！

此時，父親及哥哥趕到橋頭，仍然決心奪回錢來。

大藏眼看父親及哥哥老是糾纏不放，便把心一橫，索性把他們統統踢下溪去。父親及哥哥被踢落深淵之後，無法游上岸來，結果都活活被凍死了。

這件不幸的慘劇傳到村莊來時，引起極大的震驚，村人只要聽到大藏的名字，都會寒毛豎立。地方首長派人畫出大藏的像懸掛在城門、通衢大道，通令全國，將大藏列為通緝犯。

＊＊＊

大藏晝伏夜出，終於逃到了筑紫（現在的九州），當然此地也有伯耆國地方首長派來捉拿他的人，因此無論在博多、長崎等地，都必須很謹慎地躲避捉拿人的耳目。

他在逃亡的途中，仍不忘忙裏偷閒來賭博，由於經常賭的關係，賭技越來越精，因此靠賭博就存了不少錢。他贏多了錢，決不會憂愁，總是大吃大喝，喝醉了，動不動就揍人。有一天在長崎一家酒店內，又動手打人，他的長相又凶，因此大家都怕他，把他看成是惡鬼！

當時，有一個人看見大藏打完人，便一屁股坐下來再繼續喝酒，目睹他那一副凶相，怕大藏會打他，不禁失聲道：

「啊！樊噲！樊噲！你像極了樊噲，請饒了我吧！」

樊噲是中國楚漢相爭時有名的武將，大藏聽到此人說他很像樊噲，心中感到很高興，便說：

「樊噲是中國人的名字，這個名字不錯，我很喜歡！」

從這一天起，大藏便自稱是「樊噲」。

豈料這個讚美大藏像樊噲的人竟偷偷地到地方官去告密：

「伯耆國的通緝犯，正躲在那家酒店！」

因此地方官立刻派遣四、五名士兵去圍捕。

更名為樊噲的大藏根本不知道有人要逮捕他，一個人正在悠閒地喝酒，冷不防自後被四、五名彪形大漢抱住，心知這一下不容易溜掉了，故意做出求饒的可憐相，連聲辯說：

「你們弄錯了，我不是殺父、兄的大藏，請放了我！」

樊噲趁士兵稍微鬆懈了一下，便以迅雷不及掩耳的手法奪取一個士兵的木棒，使勁揮打士兵，這樣竟被他乘隙逃掉了。

樊噲逃到山裏去，不敢到市鎮來，怕容易被人認出。如此藏在山中，吃住都成問題，終於支持不住而病倒了，躺在大樹下，呻吟不絕。一天晚上，有一個旅客經過附近，在朦朧的月光下聽到有人痛苦呻吟的聲音，正覺得奇怪，一隻腿卻被人抱住。

「是什麼東西？」旅客怒喝道。

樊噲說：

「我是旅行的人，不幸在山中生了病，發燒了好幾天，餓得兩腳無力，請你送一點東西給我吃吧！」

旅客聞聲，提著燈籠彎身一照，原來是一個滿臉鬍鬚、活像鬼的男人。

「請給我一點東西吃！」樊噲又重複請求道。

旅客打量了一下樊噲，心想：

「這個小子也許有點用，就救救他吧！」

便從便當中取出一個飯糰遞給樊噲，樊噲接過飯糰，狼吞虎嚥般地，三兩口就吃完了。樊噲感激地說：

「中國有句話說：『一飯千金！』我永遠不會忘記你的大恩，將來一定報答！」

旅客笑著說：

「我覺得你這個人倒滿有意思！怎麼會落魄到這個地步呢？你以後打算做什麼事呢？」

「……？」樊噲一時答不出。

那人看樊噲沒有主意，變慫恿道：

「乾脆聽我指揮，當強盜吧！」

「當強盜？」樊噲眉飛色舞道：

「我是因為好賭而弄成今天這步田地。其實，賭博和偷盜同樣都是犯罪，我的膂力過人，當強盜是頂適合不過的材料了！」

這位過路旅客（事實上就是強盜頭子）問樊噲：

「我看你的膽量不小，在伯耆國幹掉父兄的兇手，大概就是你吧？」

「不錯！就是我！」樊噲得意洋洋地說：

「到處通緝我，因此我一走到村莊、市鎮等只要是人多的地方，就心裏慌張，不如在你老大的手下，留在山上當強盜，攔截路人來得好！」

「以你所具備的條件來說，當強盜再恰當不過了。」強盜頭子低聲且親切地對樊噲說：

「我事先已經派人探聽清楚了，今天晚上有旅客路過此地，有一個老頭子帶了很多黃金，僱了一個老弱的武士當保鏢，另外還有一名牽馬的馬夫。這是一次發財的大好機會，你應該試試看！」

「要想搶奪這個老頭子的黃金，真是太容易了。」樊噲向強盜頭子建議道：

「為了增加力氣，我們到山下的小店去喝一杯如何？」

強盜頭子同意道：

「好罷！我覺得天氣太冷，正想藉酒暖暖身體。」

兩人便到了山下一家酒館門口停住，強盜頭子叫道：

「喂！夥計，拿酒來！」

夥計應聲而至，恭恭敬敬地把他們兩人引至上座。

「酒、菜都要上等的，我們是過路的旅客。先付錢給你。」強盜頭子說著，便於懷中取出一分的金幣（四分之一兩）一枚丟給夥計，夥計握住耀眼的金幣，高興地說：

「隔壁有燉好的大金槍魚，我去替兩位客人買來！」

夥計把酒燙好，便到隔壁買大金槍魚（又稱「鮪」），把大金槍魚買回來，又忙著做河豚煮豆腐。

兩人飲著溫酒、吃著熱氣騰騰的魚及豆腐，不斷地讚美味道好。

吃飽喝足之後，強盜頭子提醒道：

「好了，時間差不多了，快走吧！」

夥計目送著兩人的背影很快就消失在夜色中，然後喃喃自語道：

「那個高個子，就是有名的大盜，跟在身旁的男子雖然不清楚是誰，大概是他的部下吧？」

夥計走回先前兩人吃過的桌邊，把剩下的酒、菜全部吃完才去睡。

兩人走到原先相遇的那棵大樹下，強盜頭子：

「就躲在這棵大樹後面好了，他們一定會經過此地的。」

兩人屏氣凝神地躲在大樹後面，仔細觀察動靜。

沒過多久，叮噹、叮噹的馬鈴聲由遠而近了。

「千萬不能大意而失手！」強盜頭子厲聲警告樊噲。

「這件事算得了什麼？憑我一個人赤手空拳就可以手到擒來！」樊噲躍起身來一把就扭斷一根碗口粗的大松樹幹。強盜頭子不斷在心裡稱讚道：

「真是孔武有力的壯士！」

馬蹄聲及鑾鈴聲越來越近，樊噲揮舞著大松樹幹，一言不發地衝到路中央，不分青紅皂白，看見人、馬就打，馬夫及老頭子拔腿就跑，充任保鏢的老武士嚇得忘了拔刀，正想掉頭逃跑的時候，卻被樊噲一把抓住脖子。

「像你這樣弱不禁風的老傢伙怎夠資格當保鏢？」說著就舉起來投入深谷裡去了。

樊噲望著受驚的馬，心想：「我殺過人，但是還沒有打死過馬……」便把馬用力推倒在地，然後像大力士決鬥一樣，高高舉起左右兩腳輪流猛踢馬的肚子。馬在痛苦的呻吟之中不久便氣絕了。

樊噲把馬踏死之後，始留意到馬背上的財寶沒有馬可馱運了，才覺得後悔起來。

強盜頭子奔過來，一面讚美樊噲勇武過人，一面幫忙解下馬背上的箱子。打開箱子一看，全是黃金，大約有一千兩。他們光把黃金帶走，其他的東西便散亂地拋在馬屍上。兩人抬著黃金下山。

天剛矇矇亮，兩人才把黃金抬到海邊。

強盜頭子站在沙灘上，面向海上，大聲講了一句黑話，立刻就有人回答，一會兒但見一條木船穿破濃濃的晨霧快速度朝強盜頭子的方向划來。木船上坐了兩個男子，都是強盜頭子的部下。

樊噲及強盜頭子抬著金子涉水登上船後，船很快就向四國航行。

強盜們便在船上舉行慶功宴，談著昨夜如夢般的成功經過，大家頻頻舉杯勸飲，同時自我介紹。

強盜頭子名叫「村雲」，本來是職業摔跤家，有一次和朋友一言不合，打了起來，失手誤傷了對方，遭官方通緝，到處躲藏，無以餬口，只好當強盜了。目前已混出名了，在中國（日本地名）、四國、九州等地，幾乎沒有人不知道有個名叫「村雲」的大盜。可是自搶劫以來，從沒有被官兵捕捉到過，一直逍遙法外。

船到了伊豫（現今愛媛縣）海岸，下了船，一起到道後溫泉，四個大男人在一起走，太引人注目，因此村雲便對另外兩個部下說：

「我們四個還是分成兩組各走各的，比較不顯眼，到了明年的春天，如果已經搶到了足夠的錢，就不再當強盜了，化裝成商人在飾磨津（兵庫縣姬路市）會合吧！」

村雲吩咐完，就和他們分手。

樊噲從村雲那兒得到一百兩金子，和村雲一起到道後找旅舍住宿。

「四國有八十八個『札所』①，每一處都計劃去遊覽，可是現在太冷了，何不先洗個溫泉澡？」

兩人在旅社內毫無顧慮地高談闊論，老闆目睹這兩個人一臉橫肉，不禁喃喃自語：

「想不到進香客竟也有如此面目可憎的人？」

樊噲微微覺察出別人對他們的觀感，因此有點擔憂地對村雲說：

「我覺得用『樊噲』這個名字，固然很好，但是這個名字太特殊，很容易敗露身分，尤其是到處旅行。我想不如化裝成和尚，這樣才最安全！」

樊噲竟說做就做，拿出一兩金子到廟裡去請和尚把頭剃得精光，穿上僧袍，不停地合掌念：「南無阿彌陀佛！南無阿彌陀佛！」引得村雲哈哈大笑不止。

如此兩人在四國遊遍了每一座寺廟，然後又橫渡瀨戶內海，到飾磨津。村雲的伯母住在飾磨津，村雲領著樊噲到伯母家住了二十天左右。樊噲覺得住膩了，便對村雲說：

「我還沒有到東國那邊（即關東地方）去過，和尚要修行的話，是該到那邊的每座廟去走走的。」

因此，又恢復了和尚的裝束，和村雲道別，一個人啓程往東國去了。

怕經過城鎮的街道會引起大家的注意，所以只好選山路走。到了黃昏時分，山上黑得很快，樊噲想找一家人家借住一晚。山上人家很少，找了很久，才在樹叢中找到一家簡陋的茅房，若不留意看，根本不容易認出來是房子。

樊噲走近門口，提高聲音問：

「對不起，可否借住一晚？」

這家的女主人，應聲出來，一看是一位面目可憎的和尚，心中不免有點害怕，但是繼之又想：還好不是強盜，並不要緊，因此才放心下來：

「啊，真巧，明天是亡夫的忌辰，請大師進來誦經吧！」

樊噲道了聲謝，就邁開大步進去了。

「在地爐②旁邊烤火，真是一大享受。」樊噲一面說，一面伸出手、腳在地爐上烤。

女主人說：

「我的孩子到山下去買米及其他日用品，還沒回來，山上人家沒有什麼好東西可吃，請大師吃煮的地瓜吧！」

樊噲邊吃邊稱讚：「好吃，好吃！」堆了一大盤的地瓜，轉瞬間都吃光了。

此時，有兩個男人進來，一個是鄰居，這兒所謂的鄰居，是住在溪谷對岸的，另外一位是鄰居領來的商人。

那位鄰居向女主人介紹說：

「他經常到我們這一帶來採購山中的特產，且有蒐集『小判』③的愛好，我告訴他說，妳家有『小判』，因此他就叫我領他來看看，是不是真金鑄造的？他一看就知道。」

女主人說：

「小判是有的，但是，是由小孩子收藏的，他到山下去買東西還沒回來，我不知道他把小判收藏在那兒？」

正在說的時候，小孩揹著米及其他日用品回來了。小孩立刻跑到神龕那兒拿來用破紙包好的小判，金光從破紙縫洩出，在燈光照射下，格外顯得刺眼。

那個商人打開紙包，仔細一瞧，果然是真金無疑，本來想想一個什麼方法，把它騙到手，可是瞥見一臉凶相的和尚虎視眈眈地坐在一旁，不得不有所顧慮，想了一會兒，對女主人說：

「這個小判確實是真金鑄造的，我願意用兩貫錢買妳的，要不然，用三斗米交換，妳看如何？」

樊噲一聽，心想這個商人是個大騙子，就插嘴說：

「我身上也有小判，我走遍了各地，不管那個地方，一枚小判，如果用錢買，要七貫；如果用米交換，要一石。」

商人聽樊噲說出實情，心理慌起來了，只好支吾其詞說：

「我雖然是經商的人，但是對小判的價格，並不十分清楚。」說完便藉故和那個鄰居一起溜之大吉了。

樊噲告誡女主人說：

「今天如果沒有我在場，那個傢伙準把小判騙走了，從今以後，千萬不可輕易把小判拿出來給別人看！」

女主人不停地向樊噲打躬作揖，表示萬分謝意。

樊噲從懷中掏出一枚小判給女主人，說：

「今夜打擾府上，這一點小意思，請收下。」

女主人雙手接過小判，喜出望外，忙把小孩叫道面前來說：

「囉！這是大師送給我們的小判，只住一夜，就送小判！今晚只有地瓜饗客，實在太寒酸了，明天清早，你快下山買些好菜來招待大師。」

住在山野裡的人，大都好客，且忠厚純樸。第二天，樊噲告辭的時候，女主人親切地說：

「歡迎大師再度光臨寒舍，下次我會買明石海中的裙帶菜、香蕈及凍豆腐招待大師。」

經過一夜的休息，樊噲的精神特別好，腿勁也十足，當天黃昏時分就到了難波（現今之大阪市），難波是日本有名的大商港，有各國的船隻出入，人煙稠密，很怕會碰到認識的人，因此不敢進旅社，只好蹲在廟門口打盹。第二天剛矇矇亮，就被鳥聲驚醒，為了避人耳目，趕緊離開難波。自河內、和泉（現今大阪府之一部）繞道紀州路（現今和歌山縣），穿過大和路（現今奈良縣），終於到了京都，但是京都又是人煙稠密的大都市，當然不便久留，趕緊繞過近江海（即琵琶湖），直趨越國（北陸地方）。

樊噲想到葛賀浦去，來到荒乳山，荒乳山位於近江、越前（現今的滋賀、福井縣境）兩國的國界上，沒有居民，到了晚上格外顯得冷清可怕。

樊噲抬頭望望皎潔的明月，嘴裡不停地說：

「月亮真美！」

踏碎月光洒在山路上的樹影，繼續向山隘前進，走到一處，像是關卡的地方。路中央有一塊丈餘高的大方石，在皎潔的月光下，可以很清晰地看出，有一個瘦小得像猴子一樣的男人站在那塊岩石之上，那人一見樊噲，自己竟先嚇了一跳，但很快就鎮靜下來，向樊噲吆喝道：

「和尚！拿酒錢來！」

樊噲心想：「真是有眼不識泰山，竟然敢威嚇我這個大盜？」

正在此時，從樊噲背後又來了一個人，想伸手到樊噲背上的方笈（雲遊四方的和尚，揹在背上，裝旅行用具的帶腿方箱）中去拿東西，說：

「這個和尚一定帶了不少金子！」

樊噲不慌不忙地自動解下背上的方笈，悠然自得地坐在石頭上，用火石擊火點燃菸卷，慢慢地吸了一口菸，再慢慢地吐出去，說：

「金子嘛，我可真的帶了不少咧，想要的話，兩位就隨便拿吧！」

「好一個膽大的和尚！」兩人邊說邊伸手到方笈中拿金子，仔細一算，竟有八十兩黃金！

樊噲抬頭斜視著這兩個吃驚的小強盜，以嘲笑的口吻說：

「兩位餓鬼拿去分吧，我是故意給你們一點面子！哈哈！哈哈！」

兩個小強盜一聽，不由得不火冒三丈，氣沖沖正想聯合起來狠狠打樊噲一頓。豈知，樊噲身手不凡，力大如牛，一腿就把迎面撲過來的一個踢得四腳朝天，幾乎就在同時，攔腰一把抱住側面來攻的一個，稍一用勁，便使他動彈不得。

樊噲怒道：

「嘿！你們兩個小子真是太不自量力，如此弱不禁風的小個子，竟還當強盜？我只要一拳，就送你們上西天！不如做我的部下！我保證你們隨時隨地可擁有我現在的這麼多金子。」

樊噲如此一威脅利誘，兩人立刻就屈服了。

樊噲對著先站在巨石上的那個強盜說：

「你像極了猴子，從今天起，你的名字就叫『猴子』吧！」又對另外一個說：

「日本有一副諺語畫，那句諺語是：『月夜摸錯了鍋！』④你很像摸錯了鍋的那個人，因此我用這句諺語的頭兩字——『月夜』當你的名字吧！」

樊噲替兩個部下命名完之後，得意地洋洋問：

「喂！猴子、月夜！現在是冰天雪地的冬天，你們知道那兒好玩？當我的嚮導吧！」

猴子、月夜在前面領路，樊噲在後面大搖大擺，威風十足。不久，三人一夥到了加賀國（現今石川縣之一部），在該國的各處溫泉勝地遊樂了一番。有一處溫泉名叫「山中溫泉」，樊噲在該溫泉遊樂時，遇到一位來洗溫泉治病的和尚，兩人交了短暫的朋友，和尚教樊噲吹笙，並用笙來吹『喜春樂』⑤，沒料到樊噲初試吹笙，竟然吹得非常好，聲調、音色俱佳。

和尚覺得樊噲很有吹笙的天賦，便想再多教他吹另一個曲子，但是樊噲婉拒道：

「謝謝大師，不必了，只要會吹一曲就夠了，學多了反而麻煩！」

因此，樊噲成天都在重複又重複地吹著喜春樂。

到了栗津溫泉之後，樊噲仍舊耽於吹喜春樂不絕。當時有一位從金澤來的遊客，聽了樊噲的喜春樂，竟讚不絕口道：

「啊！音色的的確確美極了，他老是不停地吹同一個曲子，證明他是多麼喜歡『喜春樂』呀！」並且邀請樊噲到他家去玩。

樊噲玩完了溫泉勝地之後，依次遊能登半島、越中的立山（位於富山縣），然後三人進入出羽國（現今之秋田縣與山形縣），想到大沼（現今之山形縣西村山郡朝日町）去觀光，竟在途中遇到村雲。

上次村雲與樊噲分手之後，時常躲藏在船中，有一次官兵登船搜捕他，他乘隙溜掉了，但是額上卻留下一道刀傷的疤痕。

樊噲命令兩個部下留在山路的旅社中看管東西，自己卻和村雲結伴登大沼的山。山上有一個廣大的水池，有不少水鳥在水面上盤旋飛行。水池中有兩個「浮島」——由很多水草纏結成一堆，漂浮在水面，看起來像是漂浮在水面上的小島，所以稱浮島。

其中有一個浮島離岸較近，樊噲伸手把它拖過來，對村雲說：

「乘上浮島玩吧！來，你也先上去！」

村雲毫不猶豫便跳了上去，但是樊噲不但不上去，反而用力把浮島推向水池中央去，浮島便像小船一樣，左搖右擺地漸漸離開岸邊。村雲一個人在浮島上慌張起來，向樊噲叫道：

「喂！你是什麼意思？你到底……？」

不管村雲如何高聲喊叫，樊噲根本不理，竟悠閒地坐在岸邊，取出笙，開始高聲吹喜春樂起來，並且不時對著驚慌失措的村雲發出狂笑，然後逕自離開現場。

第二天一早，樊噲來到水池邊，正好碰到村雲自水池邊爬起來，全身是爛泥，村雲生氣地責備樊噲道：

「你是個忘恩負義的東西！你難道忘了我救過你的命？還把盜來的金子一百兩給你，你曾經依靠我，我處處照顧你，想不到，你昨天竟把我推到水池中央去，想淹死我？還好我的命大，沒有死，這次饒了你吧！」

村雲自那次事件發生之後，心中知道自己遠不是樊噲的對手，但是表面上卻不願意認輸。

當天晚上，他們兩人又領著猴子、月夜一起旅行——表面上是旅行，實際上是看看那一家可以動手偷盜。

到了城下町，發現了一家很大的宅邸，月夜說：

「這一家的主人是大名（相當於我國的諸侯），全族人都住在這個大庭院內，非常有錢，北陸道在沒有第二家像他們這樣有錢的了！」

這家的圍牆非常高，而且是用巨大的白石頭砌成的，在月光照射下，閃閃發光，門庭高大莊嚴，頗有氣派。

樊噲略為察看一下，覺得很有下手的價值，便說：

「我自從當強盜以來，搶是搶過的，但是還沒有偷過，這次讓我試試吧！」

樊噲獨自一人到處察看了一會兒，初步在心中擬訂好如何偷竊的計劃之後，便領大家到酒館去吃野味（兔子肉、山豬肉等），等到他們灌足了酒、吃飽了飯，已是午夜時分，大家都進入夢鄉了。此時，樊噲這一夥人又到了先前那家大戶人家的圍牆外面。

樊噲說：

「離我們現在站著的地方比較近的那一幢房子，我看像是放金銀財寶的倉庫，不是住人的正房……喂！猴子！你的身體最輕，過來！」

猴子走到樊噲的身邊，樊噲叫他爬到自己的肩膀上，再從肩膀上，爬到圍牆上去。

樊噲又對猴子下命令說：

「你順著圍牆邊的松樹滑下去，把這扇小門撬開！」

猴子遵命進到圍牆裡面去撬門，沒想到這扇小門有兩層，第一層門雖然不費吹灰之力就敲開了，但是第二層是用鐵鍊牢牢地鎖上，無論如何用力，都弄不開。樊噲便命令月夜以同樣的方法爬進圍牆去幫助猴子打開鐵鍊，兩人弄得滿頭大汗，幾乎快過了一個小時，依舊沒有弄開。急躁的樊噲終於等得不耐煩了，仔細查看圍牆，發現有一處有裂縫，便把手伸進到裂縫裡去，用力「嘿！」的一聲，一塊兩三尺見方的大石塊竟被樊噲拔了出來！村雲和樊噲就彎下身子依次鑽過去。

樊噲在倉庫外想了一想，突然眉飛色舞道：

「有了！可以從走廊的柱子爬上倉庫的屋頂！」

樊噲最先上去，猴子、月夜跟在後面上去，把天花板敲開，猴子、月夜兩人下到倉庫裡面去，樊噲則坐在屋樑上指揮。

樊噲坐在屋樑上，用火石點燃蠟燭，再繫在繩子上垂下去，猴子及月夜兩人接過蠟燭四處一照，發現果如樊噲所料：全是裝滿了金銀財寶的箱子。

樊噲在樑上說：

「只拿金子，其他的都不要！」

猴子及月夜在倉庫內翻箱倒櫃，總共蒐集了二千兩金子，分裝兩箱，抬到第二層樓的地板上，問樊噲：

「怎麼拿上去呢？」

「倉庫裡面難道沒有粗繩子嗎？」

兩人找到粗繩子把箱子分別捆好，把繩子的一端拋上，樊噲接住之後，便像在井邊汲水一樣把箱子吊上屋樑，再從樑上把箱子垂下給立在走廊上接應的村雲。

就這樣，四個人終於把兩千兩金子偷出圍牆外，來到安全的地方，猴子及月夜讚嘆樊噲道：

「您的表演太精采了，看起來真像是偷過幾千萬次的老手，我們兩人甘拜下風。」

樊噲沒有理睬他們的恭維，逕自打開箱蓋，對村雲說：

「你曾經給我一個粗劣的飯糰，並有一次分給我一百兩金子，就老是掛在嘴邊，神氣十足地要我報答……好吧！我現在送你一千兩金子，作為報答。」樊噲接著又對猴子及月夜說：

「你們兩人合得五百兩，最後剩下五百兩是我的！」

樊噲如此大方，村雲這次才真正地對他心服口服。

到了天快亮的時候，才走出城下町的範圍。如此四人在一塊兒走，怕容易引起別人的注意，所以大夥兒商量的結果，猴子及月夜兩人結伴往江戶（即現在的東京）去，樊噲和村雲結伴向津輕（即現今之青森）的方面出發。四人先在一家酒館舉行慶功兼告別宴，宴會結束之後，猴子和月夜兩人就往江戶的方向出發了，而村雲卻向樊噲說：

「你給我一千兩金子，我覺得受之有愧！」想退還金子。

樊噲拒絕道：

「這是你應得的報酬，不必客氣。金子太多，只有一點麻煩，就是太重而已……儘量花吧，花光了，再動手就得了。」

兩人分別把黃金放入懷中，再繼續趕路。不久，太陽快下山了，附近竟然找不到人家可以住宿。

忽然發現山岡上有一座很奇特的寺廟，兩人便上去請求借助一夜，出來一位面帶病容的和尚說：

「真不巧，今夜，有一位客人住在本廟，並且也沒有多餘的食物可以給兩位吃，離這兒約兩公里遠的地方有旅社，兩位到那兒去吧！」

兩人一聽，僅僅是沒有東西吃而已，覺得無所謂，便強行進入側房坐下，剛坐下休息一會兒，聽見隔牆房間（用拉門隔開）裡傳來陣陣的咳嗽聲。

樊噲好奇地拉開拉門一看，原來是一位五十歲上下的武士，可能就是先前那個和尚所說的客人吧？

那位武士看見他們，便先逕自開口說：

「我看你們兩位的神采奕奕，也到這兒來了？有兩個人在一起過夜，該不會覺得漫漫長夜難熬了吧！這兒的炊事工，是我的傭人，來，兩位一起用茶吧！」

兩人看到這位武士對他們如此坦誠且客氣，頓覺心情暢快，開始無拘束地端著茶喝。

樊噲依舊化裝成和尚的樣子，因此武士對他說：

「大師，我覺得你的面目可憎，你的那位朋友的額上為什麼會有刀傷的疤痕呢？我看你們兩位像是帶了不少金子，不是普通的借宿旅客吧？根據你們兩人的外貌來判斷，不是喝人血的職業賭徒，就是殺人不眨眼的強盜或者是小偷！」

「你猜得一點也不錯，我們昨晚『賺』了一大筆——金子太多了，不知如何花是好？」樊噲坦白承認。

「哈哈！果然如我所料：你們是玩命的無賴漢！唉！你們真是生不逢辰，假使生在亂世，你們就成了英雄人物，說不定是一個小國的國王，或者是一城的城主咧！」

樊噲聽武士如此嘲弄他們，心中大怒，但是暫且不便發作，仍舊忍住氣說：

「當強盜作小偷的人，無不珍惜生命，要想長生不老，那是不可能辦到的事，不過，假使你有可以偷到一百年壽命的秘訣的話，請你傳授給我如何？」

武士聽樊噲這樣一問，不禁仰天大笑道：

「別開玩笑了，當大強盜殺人越貨，隨時有被官兵逮捕，梟首示衆的可能，真是生命危在旦夕，還學什麼長壽的秘訣？」

「上天賜給我大力氣，一直到現在，我沒有遇到過任何危險，每次偷盜都平安無事，這可說是上天要我長壽的！」樊噲怒氣沖沖，握緊了拳頭……

在一旁的村雲也忍耐不住了：

「喂，這個老糊塗大概想上西天了，樊噲！你就念經送他去吧！」

武士依舊和顏悅色地說：

「我雖然年紀老了，但還是有權有勢的武士，可以舒舒服服地生活，不像你們每天提心吊膽，怕有官兵在後面追捕！」

「混帳！」樊噲大喝一聲，剛想揮拳，卻不知道為什麼突然之間被對方摔倒了。

「這小子太過分了！」樊噲一面爬起來，一面大罵。

這次，武士攔腰抱起樊噲，狠狠把他摔到丈把遠，摔了一個倒栽蔥，樊噲趁機溜出門外，連回頭看一下都不敢。

村雲拾起樊噲失落在地上的拐杖，就朝武士身上打，武士閃過一邊，一把擒拿住村雲的右手，連動都不能動。

「像我這樣武藝的武士，在日本有的是，因此要捉拿你們的話，真是太容易了。」說罷一推，村雲就倒在地上，立刻不停地大叫：

「哎唷！我手上的筋好像不對勁了！」

武士抓起村雲的右手，稍微輕輕一拉一扯，立刻就不痛了。

可是，樊噲卻又躺在廟堂的地上呻吟不絕：

「哎唷！我的背骨好像斷了……」

武士又來替他撫弄一番，也覺得好多了。

武士說：

「現在晚飯已經做好了，你們兩位也一同來吃吧！」

樊噲和村雲早就肚子餓得咕咕叫，可是被打得這副狼狽不堪的樣子，怎麼有臉出去吃飯呢？只好空著肚子上床去睡了。

第二天清晨，武士親自帶來一些跌打損傷的膏藥給樊噲貼上，因此樊噲對武士的仇恨也就煙消雲散了。

挨到了中午，喝了幾碗米湯，這就算是中餐。

樊噲自懷中掏出一枚小判給小和尚，表示謝謝昨夜的住宿及中餐的招待，可是小和尚卻嚴詞拒收：

「我是出家人，豈能收你偷盜來的錢？」

弄得樊噲及村雲非常難堪，但又不敢作聲，只好悄悄溜走了。

離開山崗上的那座廟之後，村雲很感傷地說：

「受了這次打擊，心情很不好，我想先回故鄉——信濃（即現今之長野縣）去暫時隱居一段時間；江戶那兒我不願去，怕會碰到以前比賽摔跤的朋友。」

樊噲聽到村雲這樣說，想到自己向來所向無敵，今天竟被年老的武士打得一敗塗地真是傷心透了，說：

「你暫時回故鄉隱居一段時間也好，我一個人也沒興趣到奧羽地方去遊歷了，我決定獨自一人往江戶走走。」

兩人約好後會的日期及地點，就此分手了。

＊＊＊

樊噲（依舊化裝成和尚）終於到了江戶，但是江戶是個非常熱鬧的地方，因此非有必要，他絕對不到人多的地方去走動，以免被人認出來是通緝犯。

有一天，下著濛濛細雨，樊噲心想：陰雨天，出外的人一定很少吧！便決定到淺草的觀音廟去玩玩，豈料，雖然是陰雨天，遊客依舊絡繹不絕。樊噲很喜歡喝酒，在途中忍耐不住，就到路邊的一家酒館喝了幾杯酒。出來後，把斗笠壓得低低的，可免路人認出他來。當他走進淺草寺的雷門時，忽然聽到裡面傳出嘈雜的人聲，側耳傾聽，有人大叫：

「強盜！強盜！」

樊噲懷著好奇的心，衝進去一看，只見猴子及月夜滿身是血，被五、六個手執明晃晃的武士刀的武士團團圍住！

樊噲一面推開看熱鬧的人群，一面說：

「真可憐，應該救他們！」

樊噲和武士們並肩而立，瞥見有兩個武士身上受了刀傷，其中一個憤恨地說：

「這兩個強盜竟搶到我們頭上來了，應該把他們斬首示衆！」

樊噲代他們求饒說：

「只要他們兩個交出搶來的財寶，就饒了他們的性命吧！」樊噲說完，為了先發制人，火速揚起枴杖打倒兩、三個武士，把猴子、月夜，一手挾一個，飛奔逃出重圍。

三人匆匆忙忙逃離了江戶時，樊噲才突然想起來，攜帶的金子及行李全部留在江戶，只顧逃命，都忘帶了。樊噲安慰自己，同時也安慰兩個部下說：

「幸好保全了性命，真是不幸中的大幸！」

猴子及月夜不停向樊噲作揖，感謝救命之恩。

樊噲問：

「上次分給你們兩人五百兩金子，都花光了？怎麼會落到這步田地？」

「我們是因為賭博輸光了的，後來只好到處偷盜錢財，這次偷那些武士的錢，沒想到竟失手了，弄得……」猴子摸摸口袋，只剩下一分的金幣一枚，三人就在一家小吃店隨便吃了些東西充飢，然後繼續向東走。

到了下野國（現今栃木縣境）的那須平原，太陽已經下山了。

猴子和月夜兩人向樊噲說：

「這條路的分歧很多，晚上走很容易迷路，請老大暫時坐在路邊小憩一會兒，我們到前面去探詢一下，到底應該走那一條路？」

兩人前去探路去了，樊噲就在「殺生石」周圍倒塌了的圍牆上坐著，一面吸煙，一面等他們回來。

據說「殺生石」是一塊可怕的怪石，誰要是碰了一下它，狐狸就會找他。

沒坐多久，有一個和尚從樊噲面前經過，連瞟都不瞟樊噲一眼，兀自一個人走過去了。

樊噲心想：「這個和尚真是目中無人！」便大聲喝道：

「喂！和尚！有吃的東西或者錢，統統留下，否則休想過去！」

和尚聽到樊噲如此恐嚇他，便停止前進，回答道：

「我有一分的金幣一枚，給你吧！但是我沒帶任何可以吃的東西。」

和尚把金幣遞給樊噲之後，立刻回頭就走，樊噲在背後叫道：

「喂！你如果碰到前面兩個人要搶你的東西，你就對他們說：『我已經把錢給樊噲了！』知道嗎？」

黑暗中，樊噲聽道和尚回答一聲：「好！知道了！」

和尚就這樣靜靜地遠去了。

大約還沒過半小時，先前那位路過的和尚，好像想起什麼事情，又匆匆忙忙地趕回樊噲休息的地方來，向樊噲說：

「樊噲閣下，我是皈依佛祖的人，從來沒騙過任何人，剛才我離開你之後，向前趕路，無意中摸到懷中還有一分的金幣一枚，特地又回來送給你，否則於心不安！」

和尚說罷，便掏出一枚金幣要送給樊噲，樊噲不知為什麼不敢伸手去接，突然心跳得很厲害。

「啊！世界上竟然有如此正直的和尚？我和他一比，簡直是慚愧得無顏見人，我殺了親生父親，又殺了有手足之情的哥哥，另外還不知道傷害了多少無辜的良民，我太殘忍、太卑鄙了……」

樊噲突然跪下來向和尚哀求道：

「大師！您這樣高貴的人格驚醒了我這充滿了罪惡的人生，無論如何，請大師憐憫我，收我為弟子，我想跟隨大師修行去。」

和尚看出樊噲說的是真心話，便答允道：

「好吧！跟我來！」

＊＊＊

數十年之後，在陸奧國（即現今之青森縣與岩手縣之一部）的一座古寺中，有一位大和尚將要圓寂⑥了，先沐浴更衣，然後端坐念經。

在當時，任何大廟中的大和尚將圓寂之前，都要作一首詩，因此在身旁的弟子們催促大和尚道：

「恭請大師留一首詩給我們，作為我們修道的南針吧！」

大和尚說：

「在生命的最後一刻，還要作詩，太虛偽了。我不願意這樣做，我想告訴你們一個真實的故事，來結束我的生命……我老實告訴你們，我本是伯耆國的無賴漢，不知道犯了多少的罪！有一天，我突然覺醒了，發誓要痛改前非，皈依佛祖，我成功了。最後，我告訴你們：只要有決心，放下屠刀，立地成佛！」

大和尚說完，便圓寂了。

注釋

❶札所：（日語）朝山者領取護身符的名剎。
❷地爐：日本農家為了取暖，及燒飯用，在炕中央所設的爐。
❸小判：日本古時的金幣，橢圓形，用純金製造。
❹本句諺語的意思是：太大意、太疏忽。原文是：「月夜に釜を抜かれる」。
❺喜春樂：雅樂之一，屬唐樂，為黃鐘調之曲。
❻圓寂：就是「死」的意思，用於和尚。賢首心經略疏：「涅槃，此云圓寂：謂德無不備，稱圓；障無不盡，名寂。」

作者簡歷

左秀靈

一九三八年十一月二十一日生，安徽省懷寧縣人

學歷：國防大學理工學院地形測量學系畢。
國防語文學校日文正規班一期畢。

經歷：曾執教於國防語文學校、三軍大學長達十五年。
實踐大學出版部主任、中央出版文物供應社總編輯、
建宏出版社總編輯、五洲出版社總編輯。

著作：實用成語辭典、錯別字辨正、當代國語辭典、當代日華辭典、
日本諺語成語大辭典、日文口語文法……等五十餘種以上。

譯作：竹取物語、源氏物語、雨月物語等。

國家圖書館出版品預行編目資料

雨月物語 / 上田秋成著 ; 左秀靈譯. -- 初版.
-- 臺北市 : 鴻儒堂, 民107.12

面 ; 公分. -- (日本古典文學名著)

ISBN 978-986-6230-40-0(平裝)

861.566 107020210

雨月物語

二〇一八年（民一〇七年）十二月初版一刷

原著　上田秋成
譯者　左秀靈
封面設計
內文插圖　盧啓維
內文排版　葉又瑄
發行所　鴻儒堂出版社
發行人　黃成業
地址　台北市中正區博愛路九號五樓之一
電話　02-2311-3823
傳真　02-2361-2334
郵政劃撥　01553001
E-mail　hjt903@ms25.hinet.net
定價　二五〇元

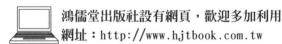